İtaatkar Kadınlar

Erika Sanders

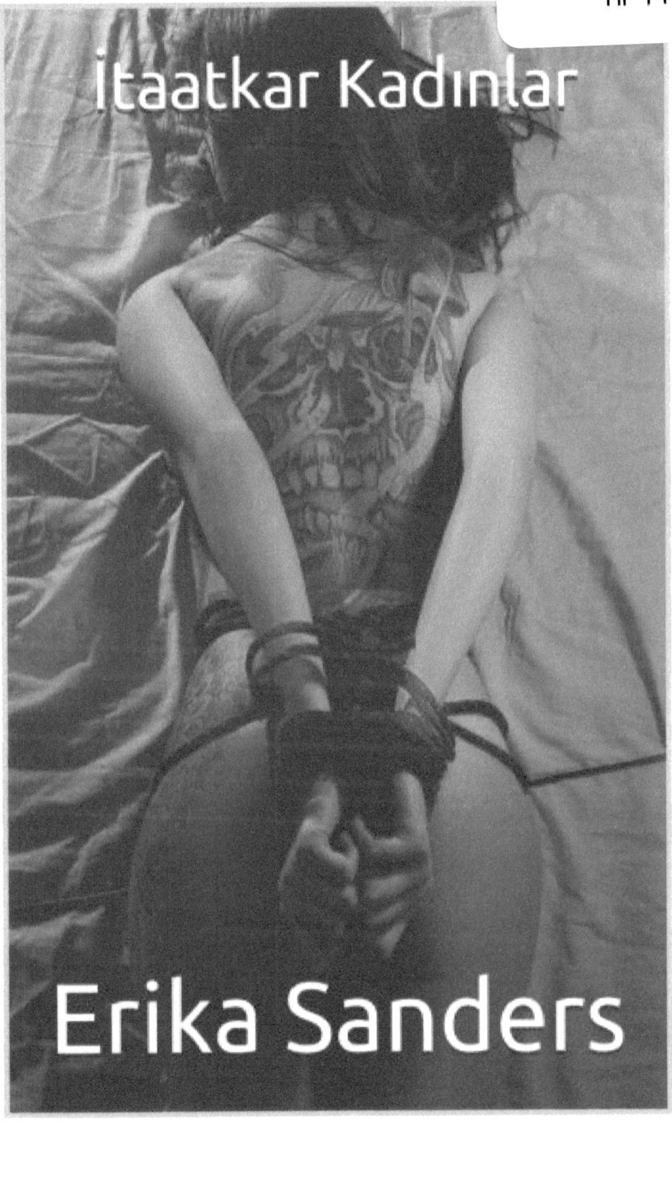

İtaatkar Kadınlar

Erica Sanders

İtaatkar Kadınlar

@ Erika Sanders, 2023

Kapak resmi: : @ Khusen Rustamov - Pixabay, 2023

İlk baskı: 2023

Her hakkı saklıdır. Telif hakkı sahibinin açık izni olmaksızın eserin kısmen veya tamamen çoğaltılması yasaktır.

Özet

Aşağıdaki romanlardan oluşur:
    İtaatkâr
    Fantastic Girl
    Soyunma Oyunu
    İtaatkâr Latin Kadın

İtaatkar Kadınlar, güçlü erotik BDSM içeriğine sahip bir roman ve yine yüksek romantik ve erotik BDSM içeriğine sahip bir roman serisi olan **Hakimiyet ve Erotik Boyun Eğme'dan yeni bir roman.**
(Tüm karakterler 18 yaşında veya daha büyüktür)

Yazara not:

Erika Sanders, yirmiden fazla dile çevrilmiş ve alışılagelmiş nesirinden uzak, en erotik yazılarına kızlık soyadıyla imza atan uluslararası üne sahip bir yazardır.

dizin

İTAATKAR KADINLAR
ERIKA SANDERS

İTAATKÂR

Seni istiyorum.

Senin hakkında herşey.

Baştan ayağa ve aradaki her şey.

Bedeniniz, zihniniz, ruhunuz.

Benim sevmediğim nefret ettiğin kusurlar.

Her bir parçanı olduğun gibi seviyorum.

Özellikle o göt.

Seninle olmak istiyorum.

Her zaman.

Nerede olduğun önemli değil.

Zihnim bir düşünce veya bir görüntü tarafından tetiklenerek dolaşıyor.

Bir şarkı.

Bir plaka üzerinde baş harfleriniz.

Her ikiniz için de özel bir anlamı olan, geçerken söylenen basit bir kelime.

Senin gibi saç takan bir yabancı.

Senin gibi giyin.

Sesini duymak istiyorum.

Beni evcil hayvan isimlerinle aradığında.

Beni sevdiğini söyle, beni özlüyorsun.

Gününün nasıl geçtiğini anlat.

Bana benimkini sor ve fikrini söyle.

Ne yaptığımızı veya planladığımızı paylaşın.

Hatta dünyevi.

Gece geç saatlerde yatakta çıplak yatarken beni baştan çıkar ve sen kilometrelerce uzaktasın.

Şımarık olduğumda ve uyumak ya da işe hazırlanmak için telefonu kapatmak için surat astığımda bana sert davran.

İçinizin yazılı olarak açık olduğunu görmek istiyorum.

Her yeni mesajın ve fotoğrafın tadını çıkarırım.

Geçmiş konuşmaları gözden geçiriyorum.

Fiziksel olarak birlikte olmadığımızda hala beni düşündüğünü hatırlıyorum.

Bu, parmaklarınızın bir dokunuşuyla orada olabilir.

Sesin olmasa da sözlerin güçlü; Sanki doğrudan kulağıma söylemişsin gibi arka planda bana dokunuyorlar.

Sizinle romanlarımı tartışmak istiyorum.

Konu ve karakter adları üzerinde beyin fırtınası yaparken lütfen bana fikir verin.

Sorunlu alanları ortadan kaldırın.

Hayranların yorumları ve görüşleri ile başınız dönsün.

Yüzsüz ve kalpsiz okuyucular hikayelerimi sebepsiz yere eleştirdiğinde öfkemi ve kafa karışıklığımı yatıştırın.

Ve sizlerin teşvikiyle bir gün daha yazmaya devam ediyorum.

Senin tarafından evcilleştirilmek istiyorum.

Yemek yapmak ve ev işi yapmak.

Ayak işlerini yap.

Dansa gidin, film izleyin ve gezilere çıkın.

Sadece sarılın ve yağmurlu bir hafta sonu kanepede biraz kestirin.

Bütün gün yatakta battaniye yığınları altında sevişmek için can atıyordum.

Gece kollarında uyuyup sabahları yan yana uyanmak.

Birlikte duş alın.

Kavga ettiğimizde makyaj seksi yap.

Senin tarafından öpülmek istiyorum.

Defalarca.

Hem nazikçe hem de aniden.

Benimle nasıl eğleneceğini biliyorsun.

Memnun et beni.

Beni dudaklarınla, dişlerinle ve dilinle uyandır.

Beni ağlatmak ve inlemek için.

Yalvarırım.

Vücudum titriyor.

Seninle tuhaf şeyler yapmak istiyorum.

Yemeklere ve etkinliklere katılın.

Yaşam tarzınızda arkadaş edinin.

Partilerde cinsel oyunlara katılın.

Daha fazla gizli dilek keşfedin.

Engellerimizi serbest bırakın.

Karanlık taraflarımızı keşfedin.

Birbirimizi zirvelerin zirvesine çıkarmak ve sonra en düşüklerin en altına düştüğümüzde birbirimizi rahatlatmak.

Senin tarafından yönetilmek istiyorum.

Ben seninim diye hırladı.

Emirlerini duyduğumda nabzımı hızlandırıyorsun ve nefesimi kesiyorsun.

Sessiz veya ani, her iki durum da beni utandırıyor.

Sikini bacaklarımın arasında, amımı bastırarak duvara yaslamanı gerçekten istiyorum.

Bana seni becermemi emretmeni... sadece sen söylediğinde gelmemi.

Ağzınla kulaklarıma, boynuma ve göğüslerime eziyet ettiğinde pes etmekten başka çarem yok.

Ya da sen seninkini talep ederken ellerini vücudumda hissettiğimde.

İstediğini yapmak için "iyi bir kız" olduğumu söylediğinde göğsüm gururla kabarıyor.

Sana bağlanmak istiyorum.

Fiziksel olarak.

Zihinsel olarak.

Ellerinizle, kelepçelerle veya iplerle.

Bileklerim başımın üstünde senin tutuşunda tutuldu ya da yatağın başına sabitlendi.

Kısıtlı bacaklar, birlikte veya ayrı.

Hareketlerim ve reflekslerim kontrollüydü.

Sana dokunma ihtimalini ortadan kaldırdı.

Bana ne yapacağını görmemek için gözlerimi kapatıyorum.

Senin tarafından sikilmek istiyorum.

Beni süpürürken vücudunun altında çıplak ve ezilmişsin.

İkinizden de bir dokunuş olmadan kısıtlamalardan özgür olmak, aklımı lezzetli bir şekilde mahvederken sadece kelimelerinizi beni kıvrandırmak ve inlemek için kullanmak.

Veya bulduğunuz basit, hafif dokunuşlar, vücudumu nereye vurursanız vurun, birden fazla orgazm ortaya çıkarır.

Beni kullanmanı istiyorum.

İstediği zaman bir yerden başka bir yere sürüklenmek.

Kavga ettiğimde bunaldım.

Sen beni tutarken çıplak kıçım dövüldü.

Oyuncaklarım üzerimde kullanıldı... sizin tarafınızdan.

Elin boynumun arkasında saçlarımı tutuyor.

Gözlerime bakarken hafifçe boğazıma bastırıyorsun.

Bana kimin sorumlu olduğunu hatırlatmak için.

Kurallarınıza uymak istiyorum.

Ulaşamayacağım bir yerdeyken, bana odaklanmam için bir şeyler veriyorlar.

Bunlar, aklımdaki en iyi ilgiyle tanımlanır.

Onları kırarsam buna göre disiplinli olacağını biliyorum.

Sana itaatsizlik ettiğimde sana karşı dürüst olacağıma güvenmeni.

Beni teselli etmeni istiyorum.

Bunaldığımda ya da kötü bir gün geçirdiğimde sana sarılırdım.

Saçlarım okşadı ve öptü, başım çenenizin altında göğsünüze yaslandı.

Sözlerin ve beni saran kollarınla sakinleştin.

Gözyaşları durana kadar sallandı.

Sana bakmak istiyorum.

Üzgün, yorgun veya hasta olduğunuzda size sarılmak.

Ben senin gücün olacağım, dayanabileceğin biri, çünkü bir Dom'un bile zayıf anları olabilir.

Subınız olarak bana ihtiyacınız olan her durumda yanınızdayım.

Seni memnun etmek veya acını hafifletmek için.

Bütün bunları ve daha fazlasını istiyorum.

Çünkü ben bu şekilde teslim oluyorum.

Senin baskın olarak...

FANTASTIC GIRL

19

BİRİNCİ BÖLÜM
ROBERT VE MONICA

21

Altı yıl önce

İlkbahardayız, okul çocukları merakla yazın gelişini, gezileri, aşkları bekliyorlar. Herkesin aklı kitaplarda değil, dersler bittiğinde ne yapacaklarında.

Diğerleri gibi bir sınıfta, Monica ve Robert sıralarda oturuyor. İlk yıldan beri birbirlerini tanıyorlar. Onlar arkadaş.

Monica; 15 yıl; 2 çiftçinin kızı; koyu saçlar, koyu gözler.

Ayırt edici özellikler: güzel; doğa ona karşı çok cömert davranmıştır: muhteşem bir yüz, iki peri masalı gözü, pürüzsüz ve kusursuz bir cilt, güzel, formda ve biçimli bir vücut, henüz gelişmemiş, ancak sıkılığıyla etkileyici göğüsler; Buna ek olarak, çocukluğundan beri her gün kilometrelerce yol kat eden ailesinin ekonomik durumunun kötü olması nedeniyle okula yürüyerek ya da bisikletle gitme alışkanlığına sahip olduğu gerçeği de ekleniyor; üstelik anne babasına tarla işlerinde sık sık ve isteyerek yardım ediyordu; fırsat buldukça evinin yakınındaki küçük gölde yüzerek dinlenmeyi severdi. Sonuç, onu uzaktan görmek için nefesinizi kesen güzel bir kız.

Okulda pek iyi değil, fazla çalışmayı sevmiyor. Öte yandan, tüm sporlarda çok başarılıdır - erkekler bile ona karşı koyamaz.

Mezun olmayı, ona yardım edecek dürüst bir iş bulmayı, hayallerinin erkeğini bulmayı, daha sonra bir aile kurmayı umuyor; Ancak onun hayali, köklü bir atlet olmak olacaktır. Bu nedenle fırsat buldukça sahada tek başına antrenman yapıyor, koşuyor, yüzüyor, jimnastik yapıyor (spor salonuna parası yetmeden).

HE: Robert, 15, 2 üniversite profesörünün oğlu; kahverengi saçlı, mavi gözlü. Ebeveynlerinden olağanüstü bir zeka miras aldı; Çalışmadan ortalamanın üzerinde notlar alabilirdi ama ailesi onun için en iyisini istiyor: Çocukluğundan beri onu 4 farklı dil öğrenmeye zorladılar ve gerçek bir sosyal yaşam sürmesine engel oldular; sonuç çok zeki ama utangaç ve içine kapanık bir çocuk; Akranları genellikle fiziksel görünümü nedeniyle onunla dalga geçer: çok uzun değil, biraz şişman, sadece akıl yürütmeyi gerektirmeyen herhangi bir faaliyet için kesinlikle reddedildi, artık istisnai olmayan bir fiziği, kitaplarda ve PC'de geçirilen yıllar nedeniyle daha da mahvoldu. Hiç kız arkadaşı olmadı ve başkalarıyla ilişki kurmadaki zorlukları göz önüne alındığında, bir tane bulmanın zor olacağının farkında; her zaman biraz teslim olmuştur.

Okulun ilk günü .

İkisi de geç kaldı, tek boş gişede oturuyorlar; onun için ilk görüşte aşktır; hiç böyle bir yaratık görmemiştir; ona yakın olmak onun yedinci cennette kalmasına neden olur; ancak ona asla sahip olamayacağının da farkındadır. Adam başka bir yere oturacağı sırada onu görmeye hazırlanıyor, kadın ona gülümseyip anlamadığı bir formülü açıklamasını istiyor: O da gülümsüyor ve yatıştırıcı bir doğallıkla formülü açıklıyor.

arkadaş olurlar; Monica, onda şefkatli ve hassas bir çocuk, bir arkadaş görüyor; aralarında bir tür zımni anlaşma yaratılır; Robert bir tür okul "öğretmeni" olur ve ona en zor konuları öğretmeye çalışmaktan çekinmez: onun için, onun yanında olması bir rüyadır.

Birlikte çalışmak için genellikle akşamları buluşurlar.

Monica, saflığıyla, Robert'ın hissettiği duygunun farkında değil; öte yandan, tüm erkekler ona belli bir şekilde bakıyor ve daha çekingen olduğu için ne hissettiğini açığa vurmuyor ; onu bir arkadaş olarak görüyor ve hepsi bu.

Öte yandan Robert, zamanla kendine lanet etmeye başlar: ona ne hissettiğini söyle ve onu kalıcı olarak kaybetme riskini göze al, yoksa ona bu şekilde sahip olmaya devam et?

Mezuniyet zamanı - üç yıl önce

Monica eskisinden çok daha güzel bir kız oldu: artık daha çok bir kadın. Dişiliği en çok formlarında belirgindir, muhteşem yüzü daha biçimlidir. Atletik becerileri onu ulusal düzeyde tam bir sporcu yaptı; Lisede tüm kız sporlarında başarılı olduktan sonra profesyonel jimnastikçi oldu; şimdi hedefi liseyi onurlu bir şekilde bitirmeye çalışmak ve kendini tamamen spora adamak.

Bu konuda, ona çok yardımcı olan, hatta çoğu zaman sınıf çalışmasında kopyasını çıkaran Robert'a çok şey borçludur; Gerçek şu ki, ona yardım etmekten mutlu olduğunu görüyor ve bunda yanlış bir şey görmüyor.

Saflığında, onun için beslediği duygunun farkında değil.

Ayrıca birkaç gündür aşık olduğu bir erkekle çıktığı için ... en azından aşık oluyor gibi görünüyor, ergenlik döneminde olan klasik şeyler. Akşamları ve hafta sonları buluşuyorlar ama henüz resmiyet kazanmış değil. Aralarındaki çekim güçlü, neredeyse her zaman sevişiyorlar, güçlü bir anlayış var.

Son zamanlarda Robert'ı pek görmüyordu, o artık derslerinde epey ilerledi, artık ona ihtiyacı yok; Ve sonra sıkıcı olmaya başlıyor

Robert, özellikle skolastisizm içinde büyüdü. Özellikle bilgi teknolojisi, elektronik ve programlama alanlarında birçok burs kazandı
.

Pek çok prestijli şirket sizi şimdiden mülakatlar ve iş teklifleri için değerlendiriyor.

O bir dahi, düşünülecek her şeyde çok başarılı.

Ama üzgün.

Yetenekleri, artık bir saplantı haline gelen hayallerinin kadınını etkilemekte başarısız olur. Umutsuzca puan kazanmak için, şehrin futbol takımına kaydoldu ve Monica'nın çıkarlarına yaklaşabileceğini umdu ... feci sonuçlarla. Takımdan ayrıldı ve kaptan Felix ile alay etti.

Kendi başına çalışmayı öğrendiği ve her şeyden önce spor dünyasına girip onunkini terk edeceği için onu kaybetme fikrine boyun eğdi.

Bazen kendini ona ısrarcı olurken buluyorsun:

"Geometri sınavın için sana yardım etmemi istemediğinden emin misin? Gerçekten, sanırım yardıma ihtiyacın var, herkes zor durumda..."

"Dinle, ısrar etme, bu bana yeter, ben de öğreniyorum, teşekkür ederim ama ısrar etme" diye susturur onu.

Bunlar artık ikiniz arasındaki ortak konuşmalar.

İki yıl önce

Monica, özellikle Mayıs ayının sonunda ders çalışmayı sevmiyor. Yüzmeyi, yürümeyi tercih ediyor...

Robert vazgeçmesi gerektiğini biliyor ama saplantı ondan daha güçlü.

Atletik makalelerden indirilen tüm fotoğrafları için internette arama yapmadan duramazsınız, kendi kişisel klasörünü oluşturmuştur.

Bölgesel şampiyonalarla ilgili bir makaleden çok yakından korunmuş bir fotoğraf var, burada onun tüm ihtişamıyla tasvir edildiği, hayal gücüne çok az yer bırakan dar bir takım elbise giymiş, vücut ağırlığı egzersizi sırasında, bir tür köprü yaparken çekilmiş, vurgulama şekilleriniz ve kaslarınız.

Bu devam edemez.

Ona gitmeli ve onunla konuşmalı, ne hissettiğini ifade etmelisin.

Onu aramaya, randevu almaya karar verdiniz, onunla mutlaka konuşmalısınız:

...

Monica: "Ama çok önemliyse özür dilerim, bana telefonda bir şey söyle"

Robert: "Pekala, bunu telefonda söylemek utanç verici, hadi ikimizle ilgili diyelim, işte buradayım..."

Monica: Ne!? İkimiz de? Dinle Robert, sen ve ben arkadaşız, başka bir şey değil, eğer bana söylemek istediğin buysa, gelme!

... sen ... sen ... sen ... sen ...

Gözle görülür şekilde üzgün, o gece meşgul ve Robert'ın bunca zamandır gizli amaçlarla yanında olduğu gerçeğini anlayamıyor; Ve son zamanlarda çok ısrarcı oldu

Robert mahvoldu.

Artık onu bir arkadaş olarak da kaybettiğini biliyor.

Pes etmiyor, açıklama için ona gitmeye karar veriyor, en azından onunla tekrar konuşmamı istiyor.

Yolu biliyorsun, sadece normale kıyasla çok kısa görünüyor: ne diyeceksin? Konuşma nasıl başlayacak? Şimdi gerçeği tahmin ettiniz ve onu sonsuza dek kaybettiniz. Nasıl giderilebilir?

Evin girişine yaklaşırken, Monica'nın evinin bitişiğindeki göletten bir su akıntısı duyar.

Robert formda kalmak için öğleden sonra yüzmeyi sevdiğini biliyor.

Ondan daha güçlüdür, kapıyı çalmak yerine onu çalmak niyetiyle gölete yaklaşır.

"Monica..."

Duyamazsın, su altındadır.

Robert yüzerken onu tüm güzelliğiyle görmeyi başarır; vücudu mermerden yapılmış gibi görünüyor, ancak inanılmaz bir kıvrımlılık ve kadınsılığı koruyor. Su üzerinde zarafet ve güçle aynı anda hareket eder.

O an ağaçların arasında ve tam onu tekrar aramak üzereyken sudan çıktığını görüyor...

Sesi boğazında düğümleniyor.

Bunu hiç görmedim.

o çıplak

Kıyıya yaklaşır, tüm ihtişamıyla çıkar, su damlaları vücudunun her yerinde güzel yollar çizerken, o dışarı çıkıp saçlarını buruşturur. Dolgun ama sağlam göğüsler pektoral kaslarla birlikte kıvrımlı bir şekilde hareket eder; Karın bölgesinde, yıllarca yapılan egzersizden elde edilen yontulmuş karın kasları öne çıkıyor. Bacaklar keskin, uzun ama aynı zamanda belirgin ve kaslıdır. Vücudu mükemmellik için bir ilahidir.

Kıyıya yaklaştığında Robert onun tüm çıplaklığını görür ve ses çıkarmadan hareketsiz kalır.

Ama beklenmedik bir şey olur.

O yalnız değil.

Robert, Monica'nın gittiği bir çalının arkasında kahkahalar duyar.

Şimdi onu gözden kaybetmiştir ama kahkahaları, zevk iniltilerini ve daha fazla kahkahayı duyabilmektedir.

"Monica, bence Robert'la açıkça konuşmalısın, ona birlikte olduğumuzu söyle ve onu aldatmayı bırak, senin gibi bir kız herkesi kendine aşık eder..."

"Ama art niyetleri olduğunu düşünmemiştim... bu... son zamanlarda ısrarcı, açıklanamaz bir şekilde kıskanç, sahiplenici biri oldu, bu bana çok sıkıntı veriyor... Ben... ben yapmıyorum ona nasıl söyleyeceğimi bilmiyorum, anlamış görünmüyor. Belki de uzun zaman önce bilmeliydim. "

"Bir an önce açıklama yapsan iyi olur, sen yapmazsan ben yaparım"

"Endişelenme, kıskanıyor musun? Ona nasıl bir şey hissedebilirim? İlk başta onun kibar, arkadaş canlısı biri olduğunu düşünmüştüm ama şimdi onun gerçek niyetini anladığımı düşünüyorum ve sonra fiziksel olarak... burada ... o itici. ... kesinlikle senin gibi değil ... "

İkisi de gülüyor.

Konuşmayı bırakıp tekrar öpüşmeye ve sarılmaya başlarlar.

Robert basitçe taşlaşmış durumda.

Ona yakın olduğu bunca yıldan sonra...

Bu sözler onu soğutur.

Öfkenizi ve hayal kırıklığınızı tüm dünyaya haykırmak istersiniz ama o an sesinizi duyurmanız sakıncalıdır.

En mantıklısı sessizce çekip gitmektir ve bu neredeyse zihinde netleşmiş bir karardır.

Pek çok zorlukla kıyıya çıkarken, eskisinden daha az dik bir yol arar; bunu yaparken, ortaya çıkan gümbürtüyle bir dala takılır.

"Aman Tanrım, duydun mu Monica?"

"Sanırım öyle! Kim olabilir? Biri bizi gözetlemeye mi geldi?"

Mümkün olduğu kadar az giyinirler ve davetsiz misafiri bulmak için ağaçların arasında dolaşırlar.

Robert kaçıyor, bu noktada sinsice koşmaya başlıyor ama adam saniyeler içinde onun üzerine çıkıyor.

Karanlıkta okul futbol takımının kaptanını tanır.

Felix.

"Robert?"

"Ne? Buraya bizi gözetlemeye geldiğini söyleme!"

"... nn ... hayır ... lütfen beyler, düşündüğünüz gibi değil Monica ... ben ... buraya sadece sizinle konuşmaya geldim, bir ses duydum ve göle geldim, siz beni duymadın ama seni aradım... "

Çenesine bir yumruk aniden onu keser.

"Sen bir çeşit işe yaramaz solucansın, şimdi sana gelip kız arkadaşımı gözetlemeyi öğreteceğim"

"...hayır, Felix, lütfen..."

Karnına bir diz onu daha da susturur.

Robert yerde, çaresiz.

Ama ona acı çektiren şey, fiziksel acıdan çok, çektiği dayanılmaz aşağılanmadır.

Monica, ona tekrar vurmadan önce Felix'in elini tutar.

"Dur Felix!"

Robert'ın bir nefesi var. Belki de Monica, birlikte geçirdiğimiz onca öğleden sonranın farkında olarak onu dinlemek istiyordur.

Hiçbir şey gerçeklikten daha uzak değildir.

Yarı çıplak, iç çamaşırı ve banyo için hala ıslak olan hafif bir kolsuz bluzla ona doğru yürüyor.

Uzun boylu, güzel, güçlü, sağlıklı bir renge sahip, biraz bronzlaşmış ... ve o, yerde, kendi üzerine kambur, ince omuzlar ve kollar, bel çevresinde büyüyen bir göbek, yılların bir sonucu arasındaki zıtlık dışarı. geçmiş, okuyor.

Onun üzerindedir ve onu kurtaracak bir melek olarak görür.

Bir rüya vizyonu, onu öpmeyi, ellerini o fantastik vücudun üzerinde gezdirmeyi, ıssız bir kumsalda sonsuza dek onunla yatmayı hayal ediyor.

Monica onu gerçeğe geri getirir. Bir eliyle onu gömleğinden kaldırıyor, doğrudan gözlerinin içine bakıyor.

"Felix, bu hiçlikle ellerini kirletmenin faydası yok, ona vurmak sadece başını belaya sokar. Sana gelince, yumuşakçaların alt türleri, benimle bir daha asla konuşma, bana dostane bir şekilde yakın olduğunu düşünecek kadar saftım. ama bütün ısrarının neyden, kıskançlıktan, saplantıdan yapıldığını hemen anlamalıydım; Bu sesi ve bu yüzü iyice zihnine kazı, çünkü benimle bir daha asla konuşmayacaksın. Çok şükür haftaya gideceğim. , kimsenin bana "çıkar gözetmeksizin" yardım teklif etmeye istekli olmadığını umduğum bir yere gitmek ve sonra da mahremiyetim içinde beni gözetlemek ".

Kaybolacak.

"Eve gidelim Felix. "

Robert yerde, geriye bakamıyor, gözyaşları içinde sürünerek eve gidiyor.

Fiziksel acı pek hissedilmez.

İKİNCİ BÖLÜM
SONIA VE MONICA

3 yıl once

O: Sonia, 18 yaşında, babası memur olarak çalışıyor, annesi moleküler biyoloji öğretmeni. İki iyi insan. O güzel değil. Ufak tefek, solgun, çok önemli değil, yeterince kadınsı ama kesinlikle kışkırtıcı değil. Annesinden biyoloji ve genetiğe olan büyük tutkusunu miras alan zeki bir kız.

Çok çekingen ve ağırbaşlı, hiç erkek çocuğu olmadı, fiziksel görünümünden, coşkulu değil ama kınanmasın değil, erkeklerle ilgilenmediği için.

İlgi alanları okuma, araştırma, genetik ile sınırlıdır. Soğuk, hesapçı ve asosyal bir kız.

Ve ince, doğuştan ve açıklanamaz bir sadizm.

Bir hayvanı aramak ve kesin bir sebep olmaksızın ona işkence etmek için annesinden gizlice laboratuvara gittiği sık sık olur. Kurban üzerindeki bu güç hissini ve en güçlü örneklerin kaderinden kaçmaya yönelik başarısız girişimini görmeyi seviyor.

Ve zulmünü ölçme yeteneği sayesinde, şimdiye kadar kimseyi öldürmedi.

En sevdiğiniz kurbanlar en hayati ve dirençli olanlardır, bu nedenle kalıcı sonuçlar olmadan daha çok deneyebilirsiniz.

Bu anlamda, fikir onu çok cezbetse de, herhangi bir insan örneğine işkence edebileceğini asla düşünmemişti.

O güne kadar.

İki yıl önce Nisan ayındayız .

Sonia isteksizce sınıf arkadaşlarıyla jimnastik dersini takip etmeye hazırlanır.

Ölümcül bir can sıkıntısı artı hatırı sayılır bir çaba.

Spor salonundaki ısınma turlarında, okulun her şeyi bilen Robert ile birlikte her zaman geride kalıyor. Zaman zaman birbirleriyle konuşurlar, şundan ve bundan söz ederek iki kelime alışverişinde bulunurlar. Açıkçası, herhangi bir karşılıklı çekim hissetmiyorlar, sadece spor saatlerinde arkadaşlık ediyorlar.

Onu çok zeki buluyor ve günlük hayatın birçok alanında onunla aynı fikirde.

Anlamını anlamadığı tek bir şey vardır: Monica'ya karşı beslediği duygu, o jimnastikçi, kibirli, aptal ve hepsinden önemlisi duyarsız, zavallı Robert'ı "sömüren" olarak görülen. Akıllı bir adamla nasıl bu şekilde alay edilebileceğini ve aynı zamanda saplantısında nasıl ısrarcı ve inatçı olunabileceğini anlamıyor .

Onunki saf bir aşağılama.

Ancak duygularını karıştıran bir şey vardır: Monica'nın bedeni. Doğa, bu kadar yüzeysel, duyarsız ve aptal bir insanı bu kadar mükemmel bir kabuğa hapsedecek kadar alaycı olabilir mi?

Bazen soyunma odasında, adamın kendisine gereğinden uzun süre baktığını fark ediyor ama nedenini anlamıyor.

O aptal jimnastik saati bitmek üzere, direk üzerindeki son egzersizi bekliyor ve ardından biyoloji dersinde her zamanki dahi Robert ve ardından diğerlerinin on dakikada bitecek olan testi yapacak. biraz daha uzun sürecek.

Direğe tırmanmak istediğinde ısrar eden o küçük orospu Monica'ydı, elbette herkes tarafından yüksek sesle alkışlandı.

Sonia boşuna tırmanmaya hazırlanırken, Mónica istemeden ona vurur ve genel bir kahkahayla burnunu direğe çarpmasına neden olur.

"Susun çocuklar, hadi, bu egzersizi çabuk yapın, geç kaldık bile..."

"Üzgünüm..." diyor Monica ve neredeyse hayvani bir hafiflikle zirveye tırmanıyor ve aynı hızla aşağı iniyor.

"Üzgünüm, lanet olası aptal" ... Sonia'nın düşündüğü bu, ama o sadece düşünüyor. Tırmanmak için beyhude bir girişimde bulunarak direğe tutunurken, bitişik direğe oturan Monica'yı gözlemliyor: beyaz tişört, koyu renk şort (okul üniformasındaki gibi), görünür külot ve sütyen. Şortun bir kısmı yükselirken, sopayla temas nedeniyle düşer, siyah bir tanga ve çabayla kasılan beyazımsı kalçalarının bir kısmı ortaya çıkar. Ancak aşağı inerken, göbeği ve düz karnı açığa çıkaran gömlek kaldırılır. Direkten indiği anda yüzünü kurulamak için gömleğini kaldırma hareketi yaparak karnının mükemmelliğini gösteriyor.

Tam o anda, Sonia kendini laboratuvarında aletleriyle ve Monica'yı yarı çıplak, terli ve nefes nefese, her türden kordon ve kayışlarla dolu bir masanın üzerinde hareketsiz kalmış, çeşitli şekillerde kıvranmaya çalışarak işini yapmasını beklerken görüyor. laboratuvar hayvanı gibi yollar ... "bahaneler yeterli değil seni iğrenç kaltak, şimdi sana eğitim öğretiyorum".

Arkadaşlarından orgazmı duymuştu ve aslında ince bir zevk duyarak kendini hafifçe okşamıştı.

Ama o anda, kadının direğe tutunduğu o sahneyi hayal etmek, sanki çığlık atmamak için kendini tutmak zorundaymış gibi, ona müthiş bir zevk veriyor.

Hayatının değiştiği o günden sonra Monica'yı hayallerinin potansiyel bir kurbanı olarak görmekte ve bundan zevk almaktadır.

Hayvanlar artık yetmiyor.

Birkaç hafta sonra .

Sonia kendini ne kadar aptal hissediyor.

Monica'ya olan saplantısı onu netlikten mahrum etmişti.

Onların kötü oyunlarıyla kimsenin onu memnun etmeyeceğini hayal etmeliydi.

Ve Monica'yı evine davet etmemeliydi.

Öte yandan direnmedi. Dersten sonra banyoda, onu defalarca önünde ve bu kez duş alırken çıplak buldu.

Monica gözleri kapalı sabunlarken, Sonia o vücudu her santimiyle yedi, bir an için yıkandığı süngere imrendi.

Kafasından bu fantezi geçerken, diğer kızlar Sonia'nın saplantısını fark ettiler ve kıs kıs güldüler.

Beş dakika sonra yalnız kaldılar.

Monica: "Neden bu kadar uzun sürüyorsun? Uzun duşu seven tek kişinin ben olduğumu sanıyordum..."

"... nasıl? Oh evet ... pekala rahatlatıcı."

Tam gidip muslukları kapatacaktı.

"Hey Monica, kıçında biraz sabun kalmış"

"Uh, teşekkürler! Ne kadar gözlem ruhu! Şimdi gidiyorum, bu gece kros yarışım var, eğer çocuklarla birlikte kazanırsam yeni bir rekor kıracağım, biliyor musun?"

"Hey, çok atletik ve güzelsin"

"Teşekkür ederim" gülümsüyor, bir kadın bir yana, pek çok erkeğin kötü niyetini tasavvur etmiyor.

"Bu arada, birçok sporcunun elektrostimülasyon kullandığını biliyor musunuz? Siz kullanıyor musunuz?

"Şey, şimdi duymadım, gerçi duydum; hakkında fazla bir şey bilmiyorum."

"Gerçekten mi? Beni görmeye gelmek ister misin? Biyoloji çalışmaları için bazı cihazlarım var, biliyorsun. Onları denemene izin verebilirim..."

Onun evine gitmişti.

İki arkadaş gibi.

Sonia, bu araçları laboratuvar hayvanlarıyla sadist oyunları için kullandığını ona söylemeye cesaret edemedi.

Kendilerini odaya kilitlemişlerdi.

"Şimdi. Soyun..."

"Üzgünüm?"

asıl konuya gelmeden önce birkaç ikinci dereceden sözün genellikle hoş olduğunu anlamadı .

"Şey... şey... buraya elektrostimülatörleri denemek için gelmedin mi? Her yere uygulamak zorundayım. İstersen iç çamaşırın ve sütyeninle kalabilirsin."

Biraz sinirlenen Monica soyunmaya başladı, çünkü aslında bunun için gelmişti, bu yüzden yaygara çıkarmadı.

Sonia gömleğini kaldırdığında neredeyse kontrolünü kaybetmişti. Neredeyse tekin olmayan gözlerle yeni laboratuvar kobayına baktı.

"...dinle, dün otuz kilometre koştum, biraz yorgunum, belki de senin o şeylerini önce bir yerde deneyip sonra acır mı diye bakamazdık?"

Otuz kilometre ve biraz yorgun, diye düşündü Sonia; mükemmel bir atlet; bu örnekte her şeyi ve daha fazlasını test edebilirim ... ve şimdiden böyle bir kadında test edebileceği her şey fikrinde aklını kaybetmişti: yorgunluk testleri, ağrıyla karışık uzun süreli zevk uyarıları, eşik kontrolleri, ağrı . ...

Düşüncelerini, onu trans halinde gören Monica böldü.

"Hey merhaba! Sonia, burada benimle misin?"

"oh evet tabii, hadi deneyelim ... kalçada, tamam"

"Buah ... Kalçada mı?"

"Neden? Utandın mı? Sana yardım edebilir miyim..."

Elektrotların üzerine bol miktarda jel sürdükten sonra, onları çok dikkatli bir şekilde, neredeyse manyakça kalçalara ve uyluğun iç kısmına yerleştirdi.

Bu hayvana cezasız bir şekilde dokunabileceği Sonia'ya gerçek gelmiyordu ve onu şüphelendirmemek için etinde fazla oyalanmaktan kaçınması gerekiyordu. Ancak, bacakları açık, hafifçe öne doğru eğilmiş, bir eliyle saçını sabit tutarken, diğerini iç çamaşırlarıyla komodinin üzerine yaslamış halde yerleştirildiği konum, kalçalarının sıkılığını ve vücudunu test etmemeyi imkansız kılıyordu. iç uyluk.

Monica bunu fark etti ve biraz üzgün göründü.

Sonra Sonia kendini topladı.

"Tamam, şimdi sana 1. seviyede 1 saniyelik darbeler gönderiyorum"

Monica bir karıncalanma hissetti ama hiçbir şey kıpırdamadı.

Sonra Sonia doğrudan 3. seviyeye gitti.

Monica kaslarının her saniye kasıldığını hissetti; Başlangıçta onu şaşırttı, sonra neredeyse hoş bulmaya başladı.

Sonia kalça kaslarının ve adduktörlerinin kasıldığını gördü ve krize girmeye başladı. Onu sersemletmek, elinde kalan azıcık şeyi de elinden almak, iyice bağlamak ve kademeli olarak tüm vücudunda 10. seviyeye ulaşmak isterdi.

Ama bu bir fanteziydi.

Kasılma anında zar zor bir inilti duyduğunda neredeyse yere yığılacaktı.

Ondan hoşlanıyor olma ihtimali var mıydı?

Meğer ki...

Sağlıksız bir fikre kapıldı...

"Dinle, madem beğendiğini düşünüyorum, tüm vücutta deneyebilir miyiz?"

"Ah evet, tamam"

Elektrotların yerleştirilmesi on dakikadan fazla sürdü.

Sonia, o güzel vücudun dokunduğu her anın tadını çıkarmak istiyordu.

Her yere elektrotlar koymuştu.

Pazı, triseps, baldırlarda en küçüğü.

Zaten sahip olduklarıma ek olarak karın, sırt, pektoraller, uyluklarda biraz daha büyük olanlar.

İnanılmaz bir bahaneyle "ekipman zemini" bağlaması gerektiğini söyleyerek, onu laboratuvarda askı olarak kullanılan bir çerçeveye etkili bir şekilde tutturdu.

Ayrıca "güvende olmak için" diyerek sütyenini çıkarmıştı, o bölgeye kalp atışı için sensörler yerleştirmesi gerekiyordu. Bu şekilde göğüs uçlarını özel elektrotlarla sardı ve göğüs kısmını çerçeveye sabitledi.

Sonuç, Monica'nın X şeklinde bağlanmasıydı, küçük siyah tangası olmasa bile neredeyse çıplak bir vücut ve vücudunun çoğuna, önü ve arkasına bağlı elektrotlar.

"... ama ... ama ... hareket edemiyorum"

"Bu şekilde elektrotları istediğim yere koyabilirim ve gergin kollar ve bacaklar ile kaslarınız daha iyi çalışır"

Monica pek bir şey anlamadı ve çok tuhaf göründü ama buna güvendi.

Tüm elektrotlar, Sonia'nın uzman ellerle manipüle ettiği bir makineye bağlandı.

Seviye 3 ve 4 ile başladı.

Bu canlı sanat eseriyle büyülenmiş, seviyeleri ve aralıkları istediği gibi ayarlamış, Monica'nın tüm kaslarının fiilen onun hizmetinde olmasına hayran kalmıştı.

Monica bunu biraz garip buldu ama fiziksel his hoştu.

Ancak Sonia'nın gözlerinde onu rahatsız eden bir şey vardı, neredeyse kendinden geçmiş görünüyordu.

"Eh, ilginç, Sonia." Bu seansların genellikle ne kadar sürdüğünü size sormadım. Hayır, sana söylüyorum çünkü bu akşam bir randevum var ve istemiyorum...

Sonia'nın ecstasy'nin ortasında onu şiddetle ağzına soktuğu ve onu yapıya karşı daha da hareketsiz hale getirdiği bir tıkaçla susturuldu.

"Kapa çeneni kaltak!"

Neredeyse inanamayan Monica kendini kurtarmaya çalıştı ama boşuna. Sonia ona yaklaştığında, tıkaçtan kontrolsüz bir öfkeyle neredeyse hayvan sesleri çıkardı.

Onu yalamaya, öpmeye, vücudunun her noktasını kemirmeye başladı.

Ve onu en çok heyecanlandıran kobayındaki isyan ve tiksinti patlamalarıydı.

Sonraki beş dakika boyunca seviyeyi 7'ye çıkardı ve kaslarının doğal olmayan bir şekilde kasıldığını ve terin elektrotların iletkenliğini daha da artırdığını gördü.

Monica bir ruh halinden önce inanılmaz bir öfkeye, sonra paniğe ve son olarak ... neredeyse uyarılmaya geçti. Bu kadar ahlaksız bir kadın tarafından tahrik edilmek nasıl mümkün olabilirdi? Dahası, şiddetli spazmlar içindeki vücudu ona aksini söylüyordu.

Sonia tanganın ıslandığını ve şeytani bir şekilde gülümsediğini fark etmişti. Geldi ve tangayı çıkarmak için oynamaya başladı.

Ancak Monica kesinlikle bu durumdan çaresizce çıkmak istedi ve akıl galip geldi.

İnanılmaz bir çabayla metal yapının bir kısmını kırmayı ve sağ elini serbest bırakmayı başardı.

Sonra tıkacı çıkardı ve tüm elektrotları kopartarak boğazındaki mümkün olan nefesle çığlık atmaya başladı.

Sonia onu serbest halde buldu ve yüzüne bayılmasına neden olan bir tekme yedi.

Monica panik içinde kıyafetlerini alarak kaçtı.

Bir anda, eve varır varmaz polise haber vermeyi düşündü.

Şimdi Sonia ve Monica karakoldalar.

Monica, Sonia'ya cinsel saldırıdan dava açmıştı ve her detayıyla doğruyu söylüyordu. Ancak, Sonia'nın evi tecrit edilmişti ve hiç kimse onun bu durumda ayrıldığını görmemiş ve kimse onun çığlığını duymamıştı. Ayrıca hikaye pek inandırıcı değildi, çünkü polis onun gibi güçlü bir kadının Sonia gibi zayıf bir kadın tarafından hareketsiz hale getirilmesini garip bulmuştu. Ve sonra "tedavi", artık tamamen sağlıklı olan vücudunda hiçbir iz bırakmamıştı.

Sonia kendine lanet ediyordu.

Aklına ne gelmişti?

Ona böyle saldırın.

Birkaç dakikalığına bile olsa ona sahip olmak kesinlikle bir rüyaydı, ama şimdi?

Monica ona bir daha asla güvenmeyecek.

Sahabenin alayları ve halkın görüşleri onu ilgilendirmiyordu. Onu en çok rahatsız eden, kontrolünü kaybedip tehlikeli bir duruma atılmış olmasıydı.

Öfkeli canavarın metal çerçevenin bir kısmını kıracağını kesinlikle tahmin edemezdi, ama böyle bir fiziğe sahipken...

Gelecekte bin kat daha dikkatli olacağına kendi kendine söz verdi. Çünkü hala hayalini gerçekleştirmeye kararlı.

Şimdilik, tatsız durumla başa çıkmakla yetiniyor: Kanıt yokluğunda, Monica'yı baştan çıkarmak için neredeyse soyunduktan sonra ona tekme atmakla suçlayan o. Sonia'nın, görgülü ve iyi bir aileden gelen tipik bir kız görünümüyle, Monica'nın tekmesinin neden olduğu dudağındaki yaranın sürdürdüğü versiyonu, Monica'nın saldırıdan sonra saldırdığını varsayan polisin gözünde daha olasıdır. Sonia'dan bir ret.

Günlerce süren soruşturmalar, sorgulanan insanlar, delil yetersizliğinden her şey çıkmaza girer.

Sonia kendi içinde rahatlayarak özgürleştirici bir iç çekiş verir; komiserlerin önünde korkmuş ve kızgın bir ifade takındıktan sonra . Dışarı çıkar çıkmaz şeytani ve şehvetli bir gülümsemeyle doğrudan Monica'nın gözlerinin içine bakar: Gördün mü aptal fahişe, ben neler yapabilirim? Onun gözünde sen neredeyse benden daha suçlusun. Er ya da geç MIA olacağınızı bilin ...

Monica'nın kafası karışır.

Safça ve pervasızca davrandığının farkına varır.

Sadece birkaç gün önce, öğrenci arkadaşı Robert'ın gizli amaçları olduğunu keşfetti ve Felix'le yakın olduğu sırada onu gözetlemeye geldi.

Ve şimdi bu sınıf arkadaşı ona işkence etmek için onu hareketsiz kılıyor. Neyse ki kendini kurtaracak gücü vardı, yoksa... neler olabileceğini düşünmemeye çalış. O deli kadının insafına kaldığında çaresiz kaldığı zamanki heyecan hali dışında mı?

Bunu düşünmemek ve antrenmana geri dönen bir sporcu olarak geleceğini düşünmek daha iyidir.

Ve elektrostimülatörler olmadan ...

küçük parantez

Olaydan bir hafta sonra.

Monica kendi versiyonunu sınıf arkadaşlarıyla / arkadaşlarıyla paylaştı. Pek çok insan Monica'nın çok sevilen ve saygı duyulan bir kız olduğuna, sadece kıskançlık ve arzu nesnesi olmadığına inanıyor.

Sonia'nın hiç arkadaşı yok, utangaç bir kız. Sonuç olarak, insanların aşağılayıcı bakışlarını umursamıyor. Laboratuvar hayvanları ve kobaylarla küçük oyunlarına geri döndü .

Bugün parka bir günlük gezi planlanıyor.

Monica da dahil olmak üzere erkek ve kızların şakalaşmalarını, oyun oynamalarını ve birbirleriyle kur yapmalarını izlerken yalnız kalacak.

Merakla o gün parkta gölde yüzdükten sonra bir grup kız onunla buluşmaya, bunu ve bunu konuşmaya başladılar.

Birlikte ormanda yürüyüşe çıkarlar.

Gürültülü bir şelalenin yanına geldiklerinde konuşmayı bırakırlar.

Sonia, alışılmadık arkadaşlarının bakışlarından korkar.

"Şimdi biraz dersin olacak"

Korkmuş bir şekilde bir kayanın arkasında kanatları üzerinde taşınıyor, isyan edemiyor.

Monica kayanın arkasında onu bekliyor.

"Tamamen senin Monica, ona iyi bir ders ver, kimsenin yaklaşmasını önlemek için girişte kalacağız, ama yer neredeyse bilinmiyor; yaklaşık yirmi dakika sonra senin için geri geleceğiz, iyi eğlenceler."

Sonia dehşet içindedir.

Dilek nesnesinin heybetli ve güzel figürü ondan bir metre ötede göze çarpıyor. Ama istediğin gibi değil. Sonia, onun insafına bağlı olarak onu bağlamak istiyor, şimdi yalnızlar ve ne olacağını sadece Tanrı bilir.

Monica bikinili kalarak şortunu ve tişörtünü çıkarıyor.

Onu bir an için sevgilisi olarak gören ve ona hayran olmak için dizlerinin üzerine düşen Sonia'ya yaklaşır.

Monica'yı böyle görünce artık düşünmüyor, göbeğini öpme hareketi yapıyor.

Cevap olarak midesine bir tekme alır.

"Şimdi soyun, Orospu"

Niyetini anlamadan, tereddüt etmeden itaat eder.

"Tamamen"

Monica da son kıyafetlerini çıkarıyor.

"Garip fikirlere kapılma orospu, kıyafetlerimi ıslatmak istemiyorum"

Çıplak olan iki kız, aralarında bariz bir zıtlık oluşturuyor; güzellik ve çirkinlik, güç ve kırılganlık, coşkulu şehvet ve utanç verici utangaçlık.

Monica onu saçından şelaleye doğru sürükler ve peşinden dalarak suya atar.

Onu boynundan tutar ve yukarı kaldırır.

"Şimdi bu yirmi dakika içinde küçük bir intikam alacağım kaltak ve umarım, özellikle senin için, benimle bir daha asla konuşmazsın... ah, merak etme, rapor etmen için görünür işaretler bırakmayacağım. Ben"

Sonia eski kobayına nostalji ve hayranlıkla bakıyor.

Ellerini boynuna dolayıp öne doğru eğildiği için gözleri öfkeyle dolu. Onu kaldırma çabasıyla, muhteşem vücudundaki her kası kasıyor.

Sonia, geçen sefere kıyasla durum tersine dönse bile Monica'yı tüm ihtişamıyla ve tüm öfkesiyle görüyor.

Sonraki 20 dakika boyunca Monica, Sonia'nın kafasına birkaç kez smaç vurarak onun sınırlarını zorlar. Tutarken de birkaç kez vuruyor. Fahişenin evinde hissettiğin o incinebilirlik hissine maruz kaldığın için öfkeni dışa vurmalısın. Ve her şeyden önce, hissettiği o anlamsız heyecan yüzünden.

Şu anda bile neden tamamen soyunması gerektiğini merak ediyor, mayo sıcakta kurumuş olacaktı.

Ve o sapkın varlıkla çıplak ve baş başa kalarak yeniden heyecanlanır.

Bu onu daha da çileden çıkarıyor ve kafasını su altında olması gerekenden birkaç dakika daha uzun süre tutmasına neden oluyor.

Sonia suyu yutar ve şiddetle öksürmeye başlar.

Monica kendini toplayarak durur.

Bu dakikalarda Sonia fiziksel olarak acı çekiyor ama Monica'nın ona sadece bir ders vermek istediğini açıkça biliyor. Ve bu ona güven veriyor. Ve o canavarı tüm öfkesiyle görmek onu tahrik ediyor ve eğer durumu uygunsa ona neler yapabileceğini düşünüyor.

"Şimdi git buradan"

Monica, biraz önce hissettiği açıklanamaz duygu karşısında biraz şok oldu.

Sonia giyinirken ona bakıyor ve Monica'nın meme uçlarının soğuk sudan mı yoksa başka sebeplerden mi bu kadar dik olduğunu merak ediyor.

Gözler buluşur ve Sonia'nın gözlerinde bir kez daha o şeytani ışık vardır.

-almak istiyorum-

Monica, Sonia'yı düşünüyor.

Görevdeki "arkadaşlara" öldürücü bakışlar atarak öksürerek ayrılır.

Monica, onlara bağırdığında arkadaşlarının da ona katıldığını biliyor.

"Onu yalnız bırakın!"

Arkadaşlar zor anı anlar ve geri çekilir.

Monica, şelalenin ıssızlığında kendini içgüdüleriyle boğuşurken bulur.

Suda çıplak; Son zamanlarda Robert ve Sonia ile yaşanan olaylar, onların şok edici güzelliklerinin insanları ne kadar etkilediğini anlamasını sağlıyor.

Neredeyse suçlu hissediyor.

Ve rahatsız.

Gözlemlendiğini hissediyor.

Şelalenin tepesine doğru döner.

Sinsi bir gölge kaçar ve bir çalılığın içine çekilir.

Hala olanların şokunda olan Monica, müthiş bir sıçrayışla hızla şelalenin tepesindeki çalılığa ulaşır ve hiçbir şeyden şüphelenmeyen "hayranı" ... Robert'ı yakalamayı başarır.

"Nasıl? Yine mi sen?"

Monica, giderek daha fazla istenmeyen ilginin nesnesi haline gelmesine hayret ediyor.

Robert'ın söyleyecek hiçbir şeyi yoktur, bu sefer yanıldığını ve bunun tamamen haksız olduğunu bilir.

Monica, kontrol edilemeyen bir öfkenin ortasında, ona iki yumrukla vurur ve zorla boynunu sıkar.

"Kahretsin! Benden ne istediğini biliyor musun? Sadece beni rahat bırakmanı istiyorum. Göl dersi senin için yeterli olmadı mı?"

Tepki veremeyen Robert yerde yatıyor. Onun üzerine çıplak ata biner gibi otururken sevgilisinin elleri boynunu tutuyor. Tehlikeli duruma rağmen, o vahşi güzelliği görünce, ellerini Monica'nın çıplak vücuduna uzatmaktan kendini alamaz, tahrik olur, artık kaybedecek bir şeyi kalmamıştır.

Monica durumu zar zor anlıyor ve çocuğun boksörlerinde belirgin bir şişkinlik fark ettiğinde, bireyin görünüşünden tiksiniyor, alt kısımlarına sert bir tekme atıyor ve bu ona tarif edilemez bir acı veriyor.

Yerdeki bir oğlanın üzerinde çırılçıplak olması, az önceki olaylarla birleşince, gücü, kuvveti ve insanlar üzerindeki etkisiyle adeta büyülenen kızda yine tuhaf bir heyecan uyandırır.

Düşünceyi zorla aklından uzaklaştırarak, fiziksel olarak yok edilmiş bir Robert'ı yerde bırakarak kaçar.

Az önce başına gelen şey, o şiddetli tekme, alt kısımlarında dayanılmaz bir acıya neden oluyor.

Arzusunun nesnesi onun için giderek daha fazla ulaşılmaz hale gelir ve gittikçe daha aşağılara düşer.

Son zamanlarda Sonia ile arzu nesnesi arasında neler olduğunu öğrenmişti.

Bu onu çok rahatsız ediyor. Her şeyden önce, Sonia'nın Monica'yı bu şekilde donmaya nasıl ikna etmeyi başardığını merak ediyor. Sonra elektrostimülatörlerin hikayesi... Düşündükçe tahrik olup kendinden utanıyor.

Genetiğe tutkuyla bağlı bu tuhaf, ince ve çirkin kıza biraz imreniyor: Birkaç dakikalığına da olsa, kötü bir şekilde ona sahip olduğunu sanıyordu.

Ve o evde, tamamen çıplak ve bağlıyken, onunla yalnız kalmak için ne kadar verirdi?

Ama ne düşünüyor? Hayır, bunları düşünmek sana sadece zarar verir.

Layık istifa daha iyidir.

ÜÇÜNCÜ BÖLÜM
MONICA VE KOSTÜMÜ

47

2018 - Spor

Son yıllarda Monica'yı, vücudunu, erkeklerle rekabet halindeyken bile neler yapabildiğini gören hiç kimse, onun mutlak düzeyde bir atlet olmak için gereken tüm niteliklere sahip olduğundan en ufak bir şüphe duymaz. 21 yaşında, neredeyse zaman zaman fizik yasalarını aşıyor gibi görünüyor. Şaşırtıcı olan, hem güç gerektiren disiplinlerde (gülle atma, cirit atma gibi) hem de koşma gibi hız disiplinlerinde üstün olması; Tamamen hız disiplinlerinde siyahi sporcuların önüne geçmeyi başararak çevresindeki sporcularda şaşkınlık, hayranlık ve hatta kıskançlık uyandırır.

Yüzme onun formda kalmasını sağlar, ancak bu disiplinde bile üstündür ve çoğu erkek çocuğa ayak uydurmayı başarır.

Her şeyi olağanüstü sonuçlarla birleştirmeyi başardığı disiplin, sırıkla atlamadır, öyle ki, tüm disiplinlerde rekabet edemediği için biraz pişmanlık duyarak (ki bunu kolayca yapabilirdi) bu uzmanlığa daha fazla odaklanır.

Felix ile ilişkisi uzun zaman önce sona ermişti, hissettiği çekime rağmen onun kıskançlığına dayanamamıştı; Öte yandan, aynada kendini görünce, hiçbir erkeğin ona hayranlık duymadan duramayacağını anlıyor. Ama böylesi daha iyi, o an kendini iyi ve özgür hissediyor.

Sadece profesyonel bir bakış açısıyla bir şeyler eksik. Zaten oldukça ünlü olan Olimpiyat Oyunlarına hazırlandığı, yürümesi, takvimlere poz vermesi teklif edildiği doğru... ama o antrenman ve yarış hayatının içinde adeta kapana kısılmış hissediyor.

Daha fazla tatmin olmak ister.

süper kahramanın doğuşu

Her pazar gibi bir pazar günü, arkadaşlarıyla bir diskoda bir cumartesi geçirdikten ve aynı gece tanıştığı bir çocukla harika bir aşk gecesinden sonra, televizyon seyreder ve üç güzel kızın sıkı giyindiği bir dizi ilgisini çeker. takım elbise ve ... çalıyorlar.

Monica'nın altınla yelken açmamasına rağmen hiçbir mali sorunu yoktur, ancak yeni duyguları deneme arzusu galip gelir.

Bir gece dar, koyu gri bir mayo giyer.

Altında hiçbir şey olmadan giyiyorsun.

Aynı zamanda sıkı oturan bir yüz örtüsü de hazırlayın.

İlk "göreviniz" şehri keşfetmek.

Görülmeden nasıl yapılır?

Atletik yetenekleri yardımına koşar ... ve ekseni de öyle.

Rezidansın penceresinden sabah 2'de, takımın renginin de yardımıyla fark edilmeden sessizce aşağı iner.

Bu şekilde pek görülmese de daha az kalabalık olan yerlerden geçmeye karar verir.

Çatılar, her şeyi kontrol altına almak için en kolay yerlerdir.

Monica kendinden memnun: Bir direk yardımıyla tavandan tavana atlama fikri, durumu kontrol altına almasına izin vermenin yanı sıra, daha da fazla antrenman yapmasına izin veriyor (sanki buna ihtiyacı varmış gibi).

Devriyenin ilk gecesinden sonra daha fazlası gelir, ancak şimdiye kadar daha çok bir oyun gibi görünüyor.

Bir gece, bir grup suçlunun bir süpermarkete zorla girdiğini fark eder.

Sağduyunuz size yetkilileri uyarmanızı söyler... ama cesaretiniz galip gelir.

Muazzam bir sıçrayışla süpermarketin çatısına düşer.

Kar maskeli dört adamın boş kutularını izlemek için bir pencereden gizlice aşağı iner.

Oraya neden girdiğini bilmiyor, şimdi ne yapabilir? Belki sadece merak ya da kendini test etme arzusu.

Işıkların kapalı olması ve suçluların onun varlığından haberdar olmaması hareketlerine yardımcı oluyor. Ancak beklenmedik bir şey olur: Patron gibi görünen kişi , tüm ışıkları açarak ön panele giden ortağına bir şeyler söyler: Belli ki onun varlığını fark etmiştir.

Monica, kalbi boğazında, buzdolabındaki tezgahın arkasına çömelerek çıkışı çabucak kazanmaya çalışıyor.

Dördünden biri görüyor!

"Hey, dur..."

Monica adamdan kaçmaya çalışır ve çok hızlı davranarak bunu başarır; Girdiği pencereye geri dönmeye karar verir, kendisi ve adam arasına çoktan birkaç metre girmiştir, bir köşeyi dönünce patron ve bir başkasıyla karşılaşır, her ikisi de ona doğrultulmuş bir silahla.

"Oyun bitti"

Şimdi çevresinde dört kişi var ve Monica pervasızlığı ve aptallığı için kendine lanet okuyor.

"Şimdi bana kim olduğunu söyle ve bu arada ellerin başının üstünde burada ne arıyorsun?"

Artık Monica elleri başının üstünde, dar tulum onun kıvrımlı hatlarını, dolgun ve sıkı göğüslerini, biçimli kalçalarını, kaslı kollarını öne çıkarıyor, korkması, koşmanın yorgunluğundan daha çok nefes almasını sağlıyor. hızlı ve nefes darlığı. Zorbaların bakışlarını üzerinde hisset.

"Sen bir kadınsın ha? İlginç, şimdi ben sana bu silahı doğrultmuşken, şu şirin kostümünü çıkar, yüzünden başla, senin yüzünü görmek istiyorum"

Monica ne yapacağını bilemez... hırsızların kar maskeleri vardır, kameralar onlar için problem değildir ama o... tanınan yüzü, gazetelerde çıkan fotoğrafı, mahvolmuş kariyeri, insanların alay konusu.... taşlaşmış ve net düşünemiyor.

"Pekala, bu noktada... siz ikiniz, onu sıkı tutun."

İkisi ona yaklaşır ve kollarını tutar, sıkıca arkasında tutar; en kötüsünden korkar.

"Patron, bizden biraz daha uzun ve kollarına bak ... onu bağlamak daha iyi olmaz mı?"

"Yeter, dördümüz olduğunu ve onun sadece bir kadın olduğunu unutma, korkak"

Şef tabancayı işaret ederek yaklaşır ve maskeyi çıkarmak için işaret eder.

Monica bu noktada içgüdüsüne uyarak güçlü bir dizini adamın alt kısımlarına doğru uzatır, onu tutan ikisini güçlü bir şekilde duvara fırlatır ve onları iki dal gibi elinden alır. Sonra patronun ağrıyan kafasını tutar ve ona silah doğrultan odaya doğru duvara fırlatır.

İkisinin üzerine sıçrayarak silahları alır ve iter, talihsiz ikiliye vurup tekmelemeye başlar ve bayılmalarına neden olur.

Kalan ikisi, kollarından tutanlar, iki demir çubukla kendilerini ona atıyorlar. İlki burnuna bir tekme ile etkisiz hale getirilir, ancak ikincisi Monica'nın karnına vurmayı başarır; İnanamayarak kızın darbeyi hissettiğini ve bir an yere yığıldığını görür, ancak bir saniye sonra ayağa kalkar ve onu etkisiz hale getirir. Şimdi bilinçsiz olmayan ama korkan tek kişi o: Böyle bir darbeden sonra kim ayağa kalkabilir?

Monica onu boynundan tutuyor ve duvara çarpıyor. Kendisi , gücü ve gücünden büyüleniyor . Durumu, sırtı duvara dayalı hissi, karşısında ikisi silahlı dört adam, gri takım elbisesine açgözlü bakışları, galip gelme bilinci, onu yeniden heyecanlandırdıklarını hatırlıyor... aynı duygu bu onu birkaç yıl önce rahatsız etmişti. Bu onu rahatsız ediyor, kurbanın boynunu sertçe sıkıyor ...

Sirenler her şeyi böler.

Monica keşfedilme tehlikesinin farkına varır ve hızla kaçar.

"Bekle ... ama kim o, gri giyinmiş şey, bir kadına benziyordu ... çocuklar, buraya gelin, yerde baygın dört soyguncu var, bakın."

Monica çok hızlı, adrenalin ona yardımcı oluyor.

Tavana ulaştığınızda, birinden diğerine atlamak için direği kullanın, sirenlerin sesi söner.

Seyrek nüfuslu bir bölgeye ulaştığında, çatılardan iner ve son derece hızlı bir şekilde, elinde sopayla konuta doğru koşmaya başlar.

Mucizevi bir şekilde fark edilmez ve büyük bir rahatlamayla odasına düşer.

Biraz şokta ama iyi.

Ama ona ne olacak?

anlamak istiyor.

Aynaya gider, maskesini çıkarır, hâlâ kılık değiştirmiştir.

O da gri takım elbisesini çıkarıp çıplak vücuduna bakıyor; koşmaktan terliyor. Anıları ilk "devriyesine", ardından hırsızlarla karşılaşmasına, ona doğrultulan silahlara, yıkıcı tepkisine ... ve birkaç yıl öncesine ... onu hareketsiz bırakan ve ona işkence eden o kötü kıza. Ve zorla serbest bırakılanı görün... suyun altında kızın kafasını tutanı, "röntgenci" Robert'ı döven kişiyi.

Elinin kendini okşamaya gittiği, yerde yuvarlandığı, göğüslerini sertçe sıktığı... ve daha önce hiç tatmadığı bir zevk aldığı gözlemlenir.

O üzgün.

Mutlu bile değil.

Ama geceleri şehirde dolaşmayı severdi ...

Haberlerin ve gazetelerin hikayeden bahsetmesinin ertesi günü, griler giyerek kendini suçluların üzerine atıp kaçtığı bir video çeşitli kanallarda ve internette defalarca gösteriliyor.

"Hırsızlar sorgulandıklarında, bu" gri hayaletin "birdenbire nasıl ortaya çıktığını ve olağanüstü gücünün onları alt etmesine nasıl izin verdiğini ortaya koyuyorlar ... şimdi insanlar beklenmedik bir süper kahraman için şimdiden tezahürat yapıyor" "Fantastic Girl", adı daha popüler ... kim o? Bunu neden yapıyor? Nasıl bu kadar güçlü olabilir? Şu anda cevabı olmayan tüm sorular ... "

Makaleyi okuyan Monica, onu takip edemeyeceklerini bilerek gülümsüyor.

Fantastic Girl seviyor ...

Elbette polis onu arayacak, hala yasalara saygı duymayan, geceleri süpermarketlerin vitrinlerinden aşağı inip adaleti tek başına gören biri...

Tekrar "dışarı çıkmadan" önce birkaç hafta beklemeye karar verir.

Aralık 2018 - Yakalama

Fantastic Girl'ın doğmasından bu yana birkaç ay geçti.

Monica, kampüsteki harici bir komitenin 16 ila 35 yaşlarında, büyük fiziksel güce sahip, aşağı yukarı aynı boy ve ten rengine sahip bir dizi kızı bir araya getirmesine şaşırıyor.

Randevu atletizm sahasında, kızların birer birer girip bir odaya oturmaları, bir bayanla birkaç kelime konuşmaları ve hemen ardından ayrılmaları için bir sıra oluşturulduğu yer.

Monica'nın kafası karışır ama sessizce odaya girer.

Ellili yaşlarında bir kadın, masanın üzerinde garip bir cep telefonuyla sandalyede oturuyor (bu modeli daha önce hiç görmemişti).

Şimdi, Sonia ile olan bölüm için sorgulanmasına tanık olduğu için kadını tanıyor.

Monica'yı baştan aşağı tuhaf bir bakışla inceledikten sonra ona bilgilerini, adını, adresini, yaşını vb. sorar...

Son soru onu şaşırttı:

"Fantastic Girl'ı tanıyor musun?"

Monica inanamıyor, bu ne tür bir soru?

Bir anlık kararsızlığın ardından:

"Evet, son zamanlarda şehri 'izleyen' bir tür süper kahraman olduğunu biliyorum..."

Bayan sözünü keser.

"Şey, evet, aslında toplum için yararlı, hala bir kanun kaçağı olsa bile; bu yüzden polis onu sorgulamak istiyor, ama tutuklanmaya pek meyilli görünmüyor; yazık, polis onunla işbirliği yapmak gibi ..."

"Anlıyorum ama neden buraya geldin?"

"Basit, Fantastic Girl hakkında elimizdeki küçük veri, onun bir kadın olduğu, güçlü, uzun boylu, atletik olduğu ve bu bölgede faaliyet gösterdiği... Diyelim ki potansiyel kadın kahramanlar hakkında veri alıyoruz, endişelenecek bir şey yok . .. "

Bayan cep telefonuna bakar.

"Sen Fantastic Girl mısın?"

Monica sahte bir gülümseme ima eder.

"Ama şaka yapmayalım, tabii ki hayır!"

Bayan cep telefonuna bakar.

"Tamam Monica, gidebilirsin."

Monica, onun yerini tespit edecek hiçbir kanıtları olmamasına rağmen endişelidir.

Son aylarda her zaman temkinli davrandı.

Devriyeleri çok dikkatliydi, ancak gasp, soygun, şiddet gibi ciddi bir şeyle karşılaştığında hızlı ve ölümcül bir şekilde müdahale etti: Göreceli bir kolaylıkla kaç soyguncuyu, tecavüzcüyü ve hırsızı bayılttığını hatırlamıyor.

Birkaç kez, amacı onu tutuklamak olan polisle karşılaştı, ancak hızla kaçtı.

Her halükarda, polisler onu bir üslup olarak, daha çok görev dışı olarak takip ettiler; ne de olsa şehirde böyle bir yer onlar için uygundu. Bu nedenle, bazı "dış komisyon" un Fantastic Girl'ın kim olduğunu anlamaya zahmet etmesi daha da garip görünüyor.

Ve sonra o bayan kendinden çok ama çok emin görünüyordu.

Her halükarda, o hayattan asla vazgeçmeyecekti: O kostümü her giydiğinde çok fazla tatmin, çok fazla adrenalin vardı.

Son aylarda eğitimini önemli ölçüde yoğunlaştırdı, (gerekirse) gücünü ve her şeyden önce esnekliğini daha da geliştirdi.

Vücudunun bu kadar ileri gidebileceğini bilmiyordu, daha gizli bir potansiyel keşfetmiş, hiç ummadığı alanlarda kaslar geliştirmişti.

Ve suçluları şaşırtmak ve onları bayıltmak için sessizce evlerin çatılarından aşağı indiğinde, sağduyu aksini söylese de, her zaman keşfedilmeyi, ardından gücünü gösterip aynı anda dört ya da beş kişiyi yere sermeyi tercih ederdi. Talihsizin şaşkınlığı, korkuları ve güçlerinin farkına varması, onda, Sonia ya da Robert'la birlikteyken nefret ettiğine benzer tuhaf duygular uyandırıyordu.

Bu gece de diğerleri gibiydi.

Bir alışveriş merkezindeki hırsızlar.

Polis devriyesinin gölgesi yok.

Bu onların anı.

İçeri girer ve karanlıkta yedi silahlı adam görür.

Bu sefer zor olacak ama olağanüstü gücü ve çevikliğiyle şimdiden daha fazlasını devirdi.

Ve böylece olur.

Birdenbire ortaya çıkarak yedi adamı hazırlıksız yakalar ve kolaylıkla yere serer.

Ama sahneyi yukarıdan görmüş olan sekizinciyi görmemişti.

Koluna bir dart saplanıyor; kimse ona vurmamıştı. İki saniye sonra zaten bilinçsizsiniz.

O gece polisler, Fantastic Girl'ı "yakaladıklarına" itibar etmiyor gibi görünüyorlar, öyle ki, zaten bilinçsiz olduğunu ifşa etmeme olasılığını tartışıyorlar.

Her halükarda kelepçelenip hücreye götürülüyorlar ve ertesi gün sorgulanmayı bekliyorlar.

Monica hücresinde elleri kelepçeli, kostümü içinde ve ... maskesiz uyanır.

Kızgın ama kendine. Oyunculukta fazla kendinden emin ve hafif, jimnastik niteliklerine fazla güveniyor.

Şimdi kimliği basına açıklanacak ve ne yazık ki onun için çok şey değişecek.

Muhafızların tartıştığını duyabiliyordum.

"Fantastic Girl'ın fotoğrafları çıktıktan sonra basın onu nasıl yakaladığımızı anlatacak, ben zaten bir gazeteci arkadaşımı aradım, fotoğraflar arşivde. Şehir için yaptığını, hiçbir hakimin onu cezalandırmaya, para cezası bile ödemeye cesareti olmayacak. Tek sorun, artık herkesin onun kim olduğunu bilmesi. Monica G., Fantastik Kız, kimin aklına gelirdi? Elbette, şimdi fiziksel gücü açıklıyoruz...

Dur, sen kimsin? Buraya kimse giremez... "

Bir gümbürtü. Bir vuruş. Başka bir gümbürtü.

Mavi takım elbiseli yedi adam silahlı olarak girer ve hücreye garip silahlar doğrultarak açar. Bir dart ona vurur ve bayılır.

Ertesi gün gazetelerde :

"SENSASYONEL: Fantastic Girl, dünya atletizminin vaadi haline geldi Monica G., herkes tarafından atletik yetenekleri ve en azından güzelliği nedeniyle neredeyse bir uzaylı olarak görülüyor. Ama yakalandığı gün bir şekilde kaçmayı başarır, belki de suç ortaklarının yardımı. Gerçek şu ki, iki korumayı etkisiz hale getirdi ve kaçtı. Kimse onu bulamadı, eğitim için görünmedi. Polis çoktan sınır alarmı verdi. Gerçek şu ki, herkes tarafından sevilen bir kahraman olmadan önce, iki memuru öldürdükten sonra cinayetten suçludur ... "

DÖRDÜNCÜ BÖLÜM
ROBERT VE SONIA

57

2018 - Kariyer, suç ortaklığı

Kim bir CIA ajanı olmayı hayal etmemiştir ki?

Kolektif tahayyülde terör, saldırı teşebbüsleri gibi hayati önem taşıyan olaylarda belirleyici olan onlardır.

Örneğin filmlerde artık bunun hakkında konuşmaya bile gerek yok.

Her şeye hazır, fiziksel ve entelektüel olarak diğerlerinden daha yetenekli, ahlaki açıdan katı ve vatanlarına sadık ajanlar, erkekler veya kadınlar.

Ne yazık ki (veya neyse ki, bakış açınıza bağlı olarak) gerçek dünyada işler çok farklı.

Her şeyden önce "grubun" bir adı yoktur ve sıradan insanlar tarafından bilinmez.

Elbette, CIA var, filmlerde gördüğünüz birçok faaliyeti yapıyor.

Ama her şeyi gerçekten kontrol eden, herkesin görmesi için orada olamaz.

Ve orada kim çalışırsa çalışsın, ahlaken bozulmaz olmaktan başka bir şey yoktur, aslında tam tersi aranır.

Ama birkaç adım geriye gidelim.

2017 - İşe Alım

Sonia depresyonda değil, "beklemede", olumlu bir durum bekliyor.

Monica ile yaşanan saçmalıklardan sonra, şehirdeki ünlü sporcunun aksine insanlar ondan uzak durur.

Monica'yı davet etmeye karar verdiği o lanet Perşembe gününe lanet okumadan bir gün geçmiyor.

Tabi o gün hayatının en büyük duygusunu da yaşadı...

Maruz kaldığı ayrımcılık göz önüne alındığında, iş bulmak için de mücadele etmek zorunda kaldı; bu yüzden şehrin en iyi otelinin konferans salonunda yapılan röportaja hayran kalıyor; ne olduğunu veya şirketin adını bilmiyor.

"Günaydın Sonya"

"Merhaba".

Ellili yaşlarında bir kadın, gözlerinde garip bir ışıkla kendinden emin bir şekilde selamlıyor onu.

"Vatandaşlar tarafından sapkın, sadist bir lezbiyen olarak görülmek nasıl bir duygu?"

"Ben... ben..."

"Ah, Sonia, inkar etmenin faydası yok. Bak, şikayet sırasında oradaydım, şikayetin niteliğini öğrendiğimde bu şehre koştum ve sorgunuza katıldım. Bak, çok zekiydin. SENİN Monica'yı reddettiğin ve onun sana vurduğuna dair o hikayeyi inkâr edip uyduruyorsun. Ama bende bu..."

Cep telefonuna benzer bir nesne.

"Bakın, bu nesne hata olasılığı olmadan bir kişinin yalan söyleyip söylemediğini gösteriyor ... ve Monica yalan söylemiyordu, sizi temin ederim"

Sonia kızgındı.

"Bak, benden ne istediğini bilmiyorum, bu sefil aldatmacalar beni kayıtsız bırakıyor, hikayesi bile tutmuyor, eğer söylediği gibi olsaydı, beni sorgulamak yerine müdahale edip beni tutuklamak zorunda kalırdı." delil yetersizliğinden konuyu düşürmek "

"Ve neden yapmak zorunda olayım?"

"Ama... Pardon, polisten değil mi? Benden ne istiyorsun?"

"Rahat dur kızım, şimdi sana kim olduğumu ve ne istediğimi söyleyeceğim; genetik bilginle çok ilgileniyorum bu arada... ah, bana kendinden bahset"

Yaklaşık otuz dakika içinde her şeyi temizler.

Grup, dünyanın kaderini kontrol ediyor. Bunu görünmez bir el ile yapıyor. Sahip olduğu fon ve tesisler gizlidir. Yukarıda görülen "gerçek telefon" da dahil olmak üzere sahip oldukları gelişmiş teknolojiler gibi . Dünyanın dört bir yanına dağılmış ajanlara ek olarak, çeşitli bölümlere ayrılmış bir araştırma merkezi vardır: mühendislik, fizik, genetik.

Biyoloji / Genetik Merkezi, çeşitli türden insan deneyleriyle ilgilenir. Riskli melezleme, ameliyat, elektroşok sayesinde grup, insandan mükemmel bir asker yaratmayı başardı: onlar, laboratuvarda doğduklarından beri büyüyen, ancak tek bir temel özelliğe sahip, tamamen sağlıklı erkekler ve kadınlar. : Üstüne karşı kör itaat; gruba hizmet etmek için farklı istek ve arzulardan yoksun.

Merkezde, yorgunluk, acıya direnç, cinsel içgüdü üzerine her zaman deney yapan çok sayıda çalışma var. Bu deneyler, talihsiz zavallı insanlar üzerinde yalnızca bilişsel amaçlar ve gelecekteki gelişmeler için gerçekleştirilir.

Gine domuzları özenle seçilir: her iki cinsiyetten insanlar, reşit yaşta, çeşitli "tedavilere" dayanabilecek kadar sağlıklı ve sağlamdır. Esas olarak sporcular, askerler, fiziksel olarak güçlü örnekler, hatta mahkumlar veya fahişeler seçilir. Şanslı olanlar üreme için kullanılıyor ve diğer "yeni askerler" ile tekrar tekrar çiftleşmeye zorlanıyor. Diğerleri yorulma testleri için kullanılır. Ağrı eşiği testleri için en şanssız olanı. Bazı özellikle çekici örnekler, yönetim tarafından "ele geçirilir" ve personelin zevki için kullanılır.

Mükemmel yaratılmış askerler, adam kaçırmaları ustalıkla gerçekleştirmeyi başaran yanılmaz askerler olan "işe alım" için kullanılır. Denekler, gizemli kadının da bir parçası olduğu örgütün üst kademelerinden seçilir.

Merkez yöneticileri yaşlanıyor ve teknolojiye ayak uydurmakta zorlanıyor. Bir yenileme gereklidir.

Yönetim, Sonia'yı iki temel özellik için seçti: biyolojik-genetik bilgi ve insanlıktan yoksun olması.

"Sevgili Sonia, biliyorum artık her şey sana gerçek dışı geliyor. Bil ki bizden biriysen hayatını bize adayacaksın. Maaşa ihtiyacın olmayacak çünkü yapıda yaşayacaksın. Ama en güzel ödül alacaksın. , sizin için deneyleriniz için tam donanımlı bir alan, emrinizde çok sayıda insan ve modifiye kobay var. Bundan hoşlandığınızı biliyorum, utanmayın. hayvanlar Yarın aynı saatte buraya gelin, eğer bizden biriyseniz, sizi görmezsek, ilgilenmiyorsunuz demektir ve bu toplantının hafızasını sileceğiz ... evet, elbette yapabiliriz. Bizimle gelirsen yok olacaksın ve tanıdıkların için artık var olmayacaksın Son olarak: dünyayı elimizde tutmak istemiyoruz Sadece kimsenin mutlak güce sahip olmadığını kontrol etmek istiyoruz.Bu fedakarlık gerektirir, hatta masum hayatlar

Güle güle, daha doğrusu yakında görüşürüz, Sonia.

Ah, ben 231 üyesiyim, beni sor "

Sonia uykusuz bir gece geçirir. Zaten kabul etmeye karar vermiştir, ancak anne babasına, tanıdıklarına "hoşça kal" demenin tadını çıkarmak istiyor, hepsini ne kadar az umursadığını düşünüyor; tek pişmanlığı: bir daha Monica'yı ele geçirebilecek mi? Kim bilir?

Her durumda, gürültüsüz kaybolacak ...

Ertesi gün, bir kadın için birkaç faydalı şeyle dolu bir sırt çantasıyla randevuya gelir.

"Seni tekrar görmeyi umuyordum Sonia. Sırt çantanda kıyafetlerin varsa sana söylüyorum, buna gerek kalmayacak, ihtiyacın olan her şeyi ofislerimizde bulacaksın."

"Tamam aşkım"

"Güven bana, uslu durursan faiziyle ödüllendirileceksin..."

Sonia cümlenin anlamını anlamıyor ama tereddüt etmeden bir helikoptere biniyor.

Araştırma merkezinin genel merkezi denizin ortasında gibi görünüyor.

Helikopter açık denize indiğinde Sonia neredeyse çıldırır.

Aniden, pilottan gelen bir telsiz iletişiminden sonra, bir ada gözlerinin önüne gelir.

Sonia'nın dili tutulmuştur.

"Gizleme cihazları, Sonia. Rotadan bir gemi geçtiğinde önlem olarak ada kapatılabilir ve suya daldırılabilir, ancak bu son otuz sekiz yılda bir kez oldu..."

Bir metropol kadar büyük bir hayaller adası.

Bol bitki örtüsü ve yeşil alan.

Helikopterin gittiği yerde heybetli bir yapı görülüyor.

Yakınlaştıkça, mavi üniformalı insanlar, çitlerle çevrili bir yolda aşırı hızla koşan yarı çıplak erkek ve kadınlara garip silahları doğrulturken görülebilir.

"Maviler genetiği değiştirilmiş insanlar, zaten koşulsuz itaat etmeleri için kategorik onay aldılar. Şu anda kobaylar, maddenin uzun vadeli etkilerini görmek için ilaç direnci testi yapıyorlar; burada, bunun yerine, bugünden itibaren bir parçası olacağınız yönetim lojmanları, merkezi yönetecek ve işletecek sadece altı kişi var, geri kalanlar değiştirilmiş insan veya kobay. Altısına emir veriyorum, gidişatı gözden geçiriyorum. araştırın ve üstlerimi bilgilendirin. "

Sonia, diğer altı üyeyle tanışır: George ve Rachel, sırasıyla elektronik / bilgisayar ve biyolojik / genetik parçalardan sorumlu (Sonia'nın ilgileneceği) emekli olmak üzere. Diğer üyeler lojistik, finans ve tedarikten sorumludur.

"Sonia, bir ay boyunca Rachel'ın yanında çalışacaksın, ardından o hak ettiği emekliliğinin tadını çıkaracak ve sen... hak ettiğin görevin."

Gülümsemek.

Zaten biraz pratiğiniz var.

Onu "işe aldıktan" sonraki ilk gün, Sonia prosedürler ve ekipman hakkında bilgi sahibi olur. Rachel, şeytani bir sırıtışla soğuk kobayları idare etme biçiminde ona biraz kendini hatırlatıyor.

Tüm şeytani fantezilerinin o yerde nasıl basit bir gerçeklik olduğu onu şaşırtıyor.

Dönen bir mekanizmaya zincirlenmiş siyahi bir kadının güneşte tamamen çıplak halini hayranlıkla izleyin.

Bağlar, kobay gergin olacak şekilde çekilir. İşlem, değiştirilmiş insanlar tarafından tamamlanır; bu noktada Rachel araya girer.

"Ameliyattan sonra yarı bitkisel hale getirileceği için başka bazı testler için kullanılacak. Yazık, keşke tedavisiz yaptırsaydım ama prosedür bu. Tüm yetenekleriyle nasıl tepki verdiğini görmek isterdim, çok sevdiğim asi bir karaktere sahip. Ama sabırlı olmalısın.

Deniz balık dolu...

Bu siyah kobay yaptığımız test için seçilmişti. Carla, onun adı, 100m, 200m koşan ve aynı zamanda uzun atlama yapan yirmi bir yaşındaki Kübalı atlet, vücudundan da görülebileceği gibi büyük potansiyele sahip bir atlet. Görünüşe göre hala ünlü olma şansı bulamamış olsa da "

Sonia, testin doğasını hastalıklı bir dikkatle gözlemliyor ve dinliyor.

Kobay, "tükürük" işlevi gören bu alete bağlanarak güneşte hareketsiz hale getirildi. Rachel'in farklı bölgelere uyguladığı elektrotlarla nabzı, vajinasına ve anüse yerleştirilen problarla ateşi ölçüldü.

Bu şekilde kobayın güneşe maruz kalmaya nasıl tepki verdiğini görebilirsiniz.

Test, istatistiksel veriler elde etmek için farklı ırk ve yaştaki kadın ve erkekler üzerinde yapılır.

Rachel, Nadia'nın vücuduna hayran: uzun, ince, kaslı, zerre kadar yağsız ve her şeye rağmen oldukça büyük göğüslü. Elleri ve ayakları X şeklinde bağlanmıştı; iplerin gerginliği kaslarını öne çıkardı.

Tabii ki, yüz hatları güzel değildi, çok kadınsı değildi ve her neyse, bir fizikçi olarak bile Monica ile karşılaştırılamazdı... ahhh Monica, hangi anılar, kim bilir şimdi nerede?

Sonia, Monica'yı düşünmeyi bırakır ve Rachel'ın elektrotları ve sondaları soğuk bir şekilde uygulamasını izler.

Ayrılmak üzereler ama Sonia dişiyi çıplak ve güneşe bağlı halde ve onun yavaşça dönmesini sağlayan mekanizmanın işleyişini gözlemlemek için birkaç dakika daha kalıyor.

İlk ter boncukları oluştuğunda, içgüdüsel olarak kurtulma dürtüsüyle gözlerini kırpıştıran Carla'yı gıdıklamak ister gibi parmağını koltuk altlarının altında gezdiriyor. Bu şey onu eğlendiriyor, bu yüzden ayağının altına, karnına, göğsüne dokunarak eylemi tekrarlıyor. "Sıkı" olmasına rağmen karın kaslarının nasıl öne çıktığı ilginçti.

Rachel gülümsüyor.

"Gel Sonia, bugünün testlerini bitirmemiz gerekiyor, işten sonra eğlenmek için zamanın olacak."

Daha uzun sürerdi, bu kadar "acelesi" olmazdı.

Aslında, Rachel'ın kızlarla pek vakit geçirmediğini fark etmişti. Erkeklerle oyalanmayı tercih etti, onlara çok dokundu, hiç utanmadan, sonuçta onlar kobaydı.

Gün düzenli bir şekilde devam etti, Rachel ona işi daha çok anlattı.

Geceleri kobaylar ayrı hücrelere alınır ve beslenir.

Yönetim, tüm konforlarla donatılmış konuta çekilir.

Değiştirilmiş insanlar tarafından servis edilen akşam yemeği lezzetlidir.

Sonia gruba kolayca uyum sağlar.

Üye 231, yeni gelen için kadeh kaldırıyor.

"Artık ek binalarımıza çekilme zamanı. Peki, herkes dilediği gibi eğlensin..."

Sonia'ya yönelik muzip bir kahkaha.

Rachel, Sonia'ya odalara kadar eşlik eder.

"Eğlenceyle ilgili bu gülüş ne anlama geliyordu? Anlamıyorum..."

"Gel Sonia, şimdi sana açıklayacağım."

Onu gözaltı odasının özel bir kanadına götürür.

"İşte 'eğlencemiz' için seçtiğimiz kobaylar; tabii ki en çekici örneklerdir. Onlarla istediğimizi yapabilir, seks yapabilir, onlara işkence edebilir ya da onlara hayran olmak için onları odada zincirli tutabiliriz".

Sonia yaklaşık yirmi hücre gözlemliyor.

Kırklı yaşlarında, şişman, kel bir adam olan lojistikçi melez bir kadının hücresine gider. Modifiye edilmiş bir erkeğe selam vererek hücreye silahlı olarak girer.

"Bu gece sıra sende dostum, tamamen soyun"

Gine domuzu, gözlerinde korkuyla çırılçıplak soyunuyor. O iki güzel yeşil gözlü genç bir melez kadın. Fiziği heybetli, neredeyse iki metre boyunda, ince ve kaslı bacakları, sıkı ve doğal göğüsleri, muhteşem bir vücudu.

Sonia, Rachel'a döner.

"DSÖ?"

"Yirmi iki yaşında bir dansçı. Küçük bir kasabada yaşadığı ve onu tavlamak çok kolay olduğu için onu seçtik; onun yanında güzel ve fiziksel olarak yetenekli tabii. Bu gece koyma sırası onda." Paul'le görüşün: o bir sadisttir, kırbaç kullanmayı sever. Kalıcı hasar bırakmadan acı vermekte çok iyidir. Her halükarda, "kullanılan" kobaylar yeniden kullanılmadan önce birkaç gün dinlendirilmelidir. Gözlemleyin ... "

Küçük tekerleklerle çalışan dikdörtgen bir cihaz hücreye sokulur; kurban ellerinden ve ayaklarından X şeklinde bağlanmıştı. O ağlıyor. Belli ki ne bekleyeceğini biliyor.

Paul yavaşça içeri girer avını inceler, öper, dokunur, koklar.

"Biraz kokuyor, bugün ona ne yaptırdın?"

"Sabah on mil yüzmek ve öğleden sonra elli mil koşmak."

"Adil"

Bir yangın musluğu alır ve onu kobaya doğru yönlendirir. Bir soğuk su fışkırması ona şiddetle çarpar. Sonra Paul, göğüsleri ve cinsel organları üzerinde ısrar ederek onu iyice sabunlarken, o da küçük adamı küçümseme ve dehşetle izleyerek kendini kurtarmaya boşuna çabalıyor.

Her şey bittiğinde, onu durular ve değiştirilmiş insanlara, bağlı dansçıyla birlikte arabayı odasına taşımalarını emreder.

Rachel erkekler kanadına yönelir.

Kaslı sarışın bir çocuğun hücresinin önünde durur. Bu, Rachel'ı müşterisi olarak alma talihsizliğini yaşayan ve onu özellikle çekici bulan Üye 231'i onu "işe almaya" ikna eden İsveçli bir "ortak".

İç çamaşırı hala üzerindeyken zincirlenmiş olmasına rağmen prosedür benzer.

Rachel, Sonia'yı katılmaya davet eder.

Oğlan uzun boylu ve kaslı. İki kadın onu bir hayvan gibi izliyor. O gün tüm vücudunda yoğun elektrostimülasyon tedavisi gördü.

Sonia onun arkasından hareket eder ve keskin tırnaklarını sırtından geçirerek çocukta içgüdüsel patlamalara neden olur. Dokunuşuyla kasların kasıldığını görmeyi seviyor. Kadınları tercih ederken erkeklere eziyet etme ihtimalini yeniden değerlendiriyor.

Rachel, Sonia'ya katılır ve uzman ellerle, her yönden onunla dalga geçmeye ve kemirmeye başlarlar.

Oğlan öğleden sonra yorgunluğundan hâlâ terli ama Rachel onu yıkamamayı tercih ediyor; biraz terli olduklarında onları sever.

İki kadın önünde durup Rachel onun göğsünü yalamaya başladığında, Sonia çocuğun iç çamaşırında bariz bir şişkinlik fark eder.

Rachel ellili yaşlarında güzel bir kadın değil ama zarif giyimi ve manipülatif becerileri İsveçli aygırı heyecanlandırıyor. Sanki kendinden geçmiş gibi heyecanlanan ama aynı zamanda öfkeli olan Sonia, ona şiddetli bir tokat atıyor ve onu saçından tutuyor.

"Seni pis hayvan, ereksiyon olmaya nasıl cüret edersin? Sana terbiye öğretilmedi. Bir hanımefendiye böyle mi davranılır? Şimdi, dürtün geçene kadar sana şaplak attıracağım..."

Rachel sözünü keser.

"Hey, sakin ol; bu BENİM oyuncağım, unutma, şimdi odama götüreceğim..."

"Ama... ama... tamam, üzgünüm; sadece çok eğlendiği izlenimine kapıldım ve bu yüzden..."

"Bak Sonia, herkes o kadar sadist değil. Onlara takılmayı, biraz eziyet etmeyi severim. Çoğu zaman onları tahrik etmeyi, orgazm olmaları için mastürbasyon yapmayı ve hemen öncesinde sözümü kesmeyi severim. Nasıl yalvardıklarını görmelisin bence. onlar için en büyük aşağılanmalardan biri ama bazen onları ben getiriyorum kiminle değerse... peki burada benim de ilişkilerim var şimdi alınma ama ben odama çekileceğim İstediğini seçebilirsin, burada tek zorunlu kural şudur: Onları ASLA çözme, onlara kalıcı olarak zarar verme, onları öldürme.

İsveçliyi odama götür.

Gel Sonia, ne seçtiğini görmek istiyorum"

Sonia, hepsi çok uzun ve çekici olan çeşitli cinslerden birçok erkek örneğini görerek koridorda yürür.

Ancak odak noktası kadın kanadında.

"Hmm... Onun kadınları tercih ettiğini anlamalıydım," diye düşündü Rachel gülümseyerek.

Pek çok kız vardı ve çok çekiciydi; koyu saçlı ve gözlü ve bir modelin vücuduna sahip olan, daha canlı, daha güçlü ve daha güzel olmasına rağmen ona belli belirsiz Monica'yı hatırlatıyor; ne yazık ki ulaşılamaz bir güzellik, Sonia'nın pişmanlığına fazlasıyla.

Sonra aklıma bir şey geliyor.

"Rachel, Norveçli yüzücü nerede?"

"Şu anda tedavide, onu odaya alamazsınız..."

"Hayır, burada ... onu görmek istiyorum"

"Tamam aşkım"

Yeraltında birkaç kat yürürler ve bir düzine muhafız tarafından kontrol edilen bir odaya gelirler.

Kapı açılıyor.

Norveçli, ayak bileklerinde, uyluklarında, belinde, boyununda, alınında, pazılarında ve bileklerinde kayışlarla X şeklinde bir yatağa sabitlenir.

Beyaz bir tulumu var. Elbiseden vücudun farklı bölgelerinde çeşitli iplikler çıkar.

"Bak bu tedavi ona uzun süre ama fiziksel bir zarar vermeden acı çekmeyi amaçlıyor; bunun için kalp atışları ve ateşi takip ediliyor, değerler kritikleşirse elektrik işkencesi duruyor, istirahatine bırakılıyor; her şeyi kaydeden bir kamera, videonun bir kısmı kobaylara uyarı olarak yayınlanacak.

Şu anda bilgisayarda gördüğüm kadarıyla kobay 47 dakikalık sürekli bir döngüye yeni katlanmış, ağır nefeslerinden de görülebileceği gibi; yarım saat sonra yeniden başlamalıyım"

"İşte... Rachel, burada biraz kalıp seni izlemek istiyorum; hiçbir şey yapmayacağım, bilgisayarın elektrik şoklarına nasıl dayandığına bakacağım."

"Sonia, herkesin kendi zevki var, bu senin hakkın"

"Sana bir şey sormak istiyorum ..."

"Söyle bana"

"Burada onu soymak istiyorum... olur mu?"

"Ah, tahmin etmeliydim, ne kadar özensiz; giydiği takım elbisenin belirli bir işlevi yok diyelim. Bu muamelenin amacı cezalandırıcı olduğu için soyunmuyor, bizim zevkimiz için değil. Tamam, nasıl istersen öyle davran. ; Modifiye edilmiş insanlar emrinizdedir, immobilizasyon işlemlerini onlara yaptırmayı unutmayın, kobay ile istediğiniz gibi oynayabilirsiniz tedavi otomatiktir dedikten sonra ne diyebilirim ki iyi akşamlar yarı çıplak ve heyecanlı İsveçli beni bekliyor ve bu gece ilham alıyorum, mmm ... Onu gıdıklama makinesinden geçirebilirim ... bir gün sana göstereceğim Sonia. Sabah görüşürüz. "

Sonia, Rachel'ın dışarı çıktığını görmedi bile, birkaç dakikadır hastalıklı bir şekilde Norveçliye bakıyor.

Şimdi onunla yalnız; korumalar kapının dışında hizmetinizdedir.

O anların tadını yavaşça çıkarmak istiyorsun.

"Adını bile bilmiyorum orospu; Rachel senin için üzülmekte haklı. Kızgın bakışın pes etmeyen bir mizacı ifade ediyor. Ve eminim ki çelik kelepçeleri, bozuk olsalar bile kıracak kadar güçlüsün ve hem de birkaç silahlı değiştirilmiş insanı yere ser; şu anki gibi giyinirken bile zayıf ve güçlü olduğunu görebiliyorum; ama hemen düzelteceğiz, üstünü çıkarmaya başlayacağım... "

Tedavi bir günden daha kısa bir süre önce başladı, yani kız hala tam kapasitede.

Çilleri, mavi gözleri ve yanaklarında güzel bir rengi olan neşeli bir yüzü var.

Dört gardiyan içeri girer ve Sonia'ya güvenlik için uzaklaşmasını söyler.

"Şimdilik üstünü çıkar, teşekkürler..."

Gardiyanlar, gerekli önlemleri alarak, elbisenin fermuarını açar ve elbiseyi göğsün üzerine kaldırarak bel çevresindeki kayışı çıkarır; kızın hala beyaz bir tişörtü var; önemli değil, zevk sürecek. Kemeri belin etrafına sıkıca bağlarlar.

Şimdi sıra pazı kayışlarına geliyor, elbiseyi bileklere kadar kaldırıyorlar, kolları açıkta bırakıyorlar; Pazıları artık serbest olduğu için ağır bir şekilde bükülüyor; Hala tamamen hareketsiz olmalarına rağmen, dört gardiyan kayışları bu sefer çıplak tene yeniden takmak için mücadele ediyor.

Bileklerdeki benzer işlem, güvenlik için sağ ve sol arasında ayrı ayrı gerçekleştirilir.

Sonia artık önlemlerin neden asla aşırı olmadığını anlıyor.

"Bize izin verdiler..."

Gine domuzunu tekrar inceleyin.

Takım elbise içinde kollarının ne kadar kaslı ve formda olduğunu anlayamıyordu.

Monica ile ilgisi yok ama gittikçe yaklaşıyordu; Monica'nın özelliği, her şeyde muhteşem olmasıydı. Bu yine de güzeldi, ancak yumuşak ve kaslı olmasına rağmen kolların kütlesiyle kıyaslanamayan karın gibi vücudun diğer bölgelerine göre biraz orantısızdı. Monica'da tek bir kusur bulmak zordu ama imkansız değildi.

Çok açık tenli kız ter içinde kalıyor, acil tedavi beklentisiyle göğsü hızla inip kalkıyor.

Ağzına birkaç kabarcıkla bağlanan bir kayış bağlanarak konuşmasına engel olundu; tedavi en az bir hafta sürdüğü için muhtemelen onu beslemenin yolu buydu. Bileklerde elektrotlar.

Göğüste atletten çıkan ipler var; göğsün etrafını saran, meme uçlarını kapatan bir bant görebilirsiniz.

Sonia, pazıların sıkılığını hissederek kobayın yüzüne, göğsüne, karnına vurmaya başlar. Atleti bağlıyken çıkarmaya karar veriyorsunuz. Onu eşofmanından çıkarıyor, zorlukla kemerinin altına sıkıştırıyor ve zonklayan harika göğüslerini ortaya çıkarıyor. Hem kalp atışını kontrol etmek hem de elektrik şoku vermek için göğse elektrotlar yerleştirildi.

Kokusunu alıyor, terliyor.

"Çok güzel bir vücudun var, biliyor musun kaltak?"

Göbeğinden yalıyor.

"Tuzlusun ... Senden hoşlanıyorum"

Gine domuzunun asi bir dürtüsü var: Sadece bir hafta boyunca tarif edilemez bir şekilde acı çekmek zorunda kalmayacak, aynı zamanda o lezbiyenin ahlaksızlıklarını da mı çekecek?

Öfke ve hüsranla karışık bir homurtu çıkardı ve kayışları çekiştirdi.

Sonia'ya nefret ve meydan okumayla bakıyor.

"Görüyorum ki hala çok gücünüz var. Muhafızlar! Pantolonunuz, tamamen çıkarın."

Gardiyanlar artık altı, operasyonlar ek kayışlar kullanılarak yavaş ve dikkatli bir şekilde gerçekleştiriliyor.

İşlem tamamlandı.

Sonia neden altı gardiyanın olduğunu anlıyor: bacakların etkileyici kas kütlesi var.

Anal ve vajinal bölgede kobayın tedavi sırasında fizyolojik fonksiyonlarını yerine getirebilmesi için sokulan ve stratejik olarak sabitlenen tüpler bulunmaktadır.

Ayak bileklerine uygulanan diğer elektrotlar.

"Bekçi, yatağın bir mekanizması olduğunu görüyorum, bacaklarınızı biraz daha açabilir miyim?"

"Elbette"

Koruma, kobayın bacaklarını gövdeye neredeyse dik olacak şekilde uzatan dişliler üzerinde hareket eder.

Kızın esnekliği etkileyici.

Kobayın bacaklarının arasında duran Sonia, ellerini nazikçe çıplak kalçalarına dayamış, avına bakıyor. Kaçmak için içgüdüsel olarak büzülen bacaklarını okşuyor ve gözlerinin içine bakıyor.

"Hala bana meydan okumayı düşünüyor musun?"

diyor Sonia, göbeğini ve karnını çeşitli yerlerden öpmek için eğilerek.

Tüyler ürpertici bir yavaşlıkla, onun arkasında hareket etmek için bu cazip pozisyonu terk ediyor, her zaman bir parmağını vücuduna temas halinde tutuyor ve şehvetli bir şekilde kaydırıyor.

Gine domuzu öfkelidir ve şaka yoluyla Sonia'nın bilmediği bir dilde bir şeyler söylemeye çalışır.

Şimdi Sonia arkasında ve ellerini kobayın pazılarına koyarak alnını, yanaklarını, boynunu ve kulaklarını şehvetli bir şekilde öpmeye başlıyor.

Aynı zamanda ellerini koltuk altları ve göğüsler üzerinde gezdirerek açgözlülükle onlara masaj yapıyor ve sertliklerini test ediyor.

Gine domuzu bir şey söylemeye çalışırken itiraz ederek şikayet eder.

Sonia yanına döner ve gülümseyerek ona bakar.

"Hey, ne söyleyeceksin? Senin dilini bilmiyorum. Biliyor musun? Genelde daha sadistim, daha az tatlıyım ama ... içgüdüsel olarak dokunuşlarıma isyan ediyor ve bu beni o kadar çok seviyor ki... "

ve yine ellerini karın ve göğüsler üzerinde gezdirir.

Aniden, bilgisayar alarma benzer garip bir ses çıkarır.

Gine domuzunun gözleri artık dehşetle dolmuştur ve umutsuzca yardım için Sonia'yı aramaya başlarlar. Sonia bu ayrıntılardan tedavinin yeniden başladığını anlıyor.

Başlangıçta, nadir yoğunlukta bir çığlık atıyor, ancak bir saniye sonra boğazında donuyor. İşkencenin yoğunluğu o kadar fazladır ki kobay ses çıkaramaz.

Sonia hayvanı ilgiyle izliyor. İşkence tüm vücutta birkaç saniye sabit kalır ve daha sonra fizyolojik bir iyileşme süresi sağlamak ve ağrıya karşı hassasiyeti çok fazla azaltmamak için bazı bölgelerde değişken yoğunlukta değişir.

Bacaklar uyarıldığında, Sonia kobayın kuadrisepslerinde kalıcı bir kasılma olan bir tik'i neredeyse görsel olarak hissedebiliyor; bu nedenle bacakların arasına geri yerleştirilir ve elleri uylukların üzerine koyar. Şok başladığı anda, bacakların pozisyonuna ve sıkı kayışlara rağmen, onlara değen kasların kasıldığını çok daha fazla hissedersiniz.

Şimdi indirme başka bir yere gidiyor.

Bir "şefkat" içgüdüsüyle hareket ederek, ellerini uyluklarının üzerinde tutarak ve onları okşayarak ağzıyla mons pubisine yaklaşır.

Dili, sondalar ve elektrotlar arasında olabildiğince kayarak o hassas bölgeyi uyarıyor. Kurbandan protesto çığlıkları.

Şimdi üst gövdeye bakın. Şokla vurulduğunda aynı anda doğal olmayan bir şekilde göğüs kaslarını, pazıları ve karın kaslarını kasar. Sonia onun kobay teriyle parıldayan kaslarının güzelliğini görebiliyor.

Yirmi beş dakika boyunca kızın ıstırabını izlemekten ve aynı zamanda onun atletik vücuduna hayran olmaktan keyif alıyor.

Zaman zaman açgözlü ellerini teninde gezdirerek sadistçe okşar, bazen çimdikler, bazen de duyusal olarak onu hisseder.

Göğüs "dinlenme halindeyken" kasılmalar azalır, ancak hemen göğüs tekrar kasılmalarla yükselmeye ve düşmeye başlar. Bu anlar arasında Sonia, yalayarak ve koklayarak kurbanın vücudunun tadını çıkarmaya devam ediyor.

Sonunda, göğsüne bir darbe vururken kalçasını iki yana açarak göbeğini yalar ve onu ısırır, bu hareketten uzun zamandır, tam da Monica'yı direğin üzerinde gördüğünden beri hissetmediği bir zevk bulur. spor salonu.

Tedavi sona erdiğinde, Sonia kendini toplar, elini kızın karnında ve göğüslerinde gezdirir ve Sonia'nın çok sevdiği o öfke ve hüsran dokunuşunu muhafaza etmelerine rağmen gözlerinin artık ifadesiz olduğunu fark eder. Açıkçası, tedavi işe yaramaya başlıyor.

"Benim istediğim gibi olmandan zevk aldım, kaltak. Sanırım bugünlerde seni tekrar ziyaret edeceğim."

Yanaklardan bir öpücük.

"Muhafızlar, onu iyi giyin."

Eski bir arkadaş

Rachel'ın veda etme zamanı geldi.

Sonia biraz üzgün, sevgisi artıyordu ama Rachel onu rahatlatıyor.

"Merak etme, ara sıra eğlenmek için sana geleceğim; gözüm Kübalı bir çocukta, hiç de fena olmayan bir gardiyan, gayet doğal..."

Şimdi Sonia sorumlu.

Üye 231, emredildiği gibi makamına sunulur.

Onu tebrik ediyor, yerleştirilmesinin ne kadar tatmin edici olduğunu açıklıyor.

Adadaki durumdan bahsetmişken, George'un emekli olduğu, ancak yerine geçecek birini bulmakta zorlandığı ortaya çıktı.

Sonia'nın zihni, anılarını deler ve aklına hemen biri gelir...

"Üye 231 ... burada, bir kişinin adını önermek istiyorum ..."

Robert, Monica ile yaşadığı derin hayal kırıklığının ardından derin bir depresyona girer.

Gölün talihsizliği hemen hemen herkes tarafından biliniyor. Şelale olan biraz daha az.

Sizinle iletişime geçen firmalar artık sizi aramaktan vazgeçiyor. Ebeveynler duygularını görmezden gelerek ona baskı yaparlar.

Monica'ya karşı yavaş yavaş yerini nefrete bırakan duygular.

Robert, onu reddeden kişiye karşı derin bir nefret besler.

Ek olarak, daha önce çok şiddetli olmayan ve bir şekilde "işe yaramaz" olan genital bölgeye yapılan bu tekme, şimdi onu neredeyse seks yapamaz hale getirdi. Bu nedenle, güvensizlik nedeniyle normal cinsel ilişkiye girememek, cinselliğini sadizm üzerine odaklıyor.

İnternet bu konuda size çok yardımcı oluyor. Her durumda, içgüdülerini tatmin etmek için bağlanmalarına izin veren fahişelere genellikle ödeme yapar. Kurbanlarına hükmederek ve onları bağlayarak hazza ulaşır.

Sonia'nın başına gelenler artık kıskançlık ve tiksinti ile görülüyor.

Temel olarak, HIM'in bir kadına sahip olmasının tek yolunun, bunu onun iradesine karşı yapmak olduğunun farkındadır. Ve fiziksel olarak pek yetenekli olmadığı için ... tek yol, ne olduğunu biliyorsun, çember daralır.

Hâlâ dile getirilmeyen bir dahi, ancak konu BDSM fantezilerine geldiğinde pek uzlaşmacı olmayan bazı fahişelerin birkaç şikayetiyle, özgeçmişini en iyisi yapmıyorlar.

Ve iş bulması gerekiyor.

Neredeyse teslimiyetle sayısız görüşmeye gider.

Elli yaşındaki bayan sizi çalışma odasına davet ediyor.

"Robert, sonunda geldin. İşe alma bölümümüzü geliştirmemiz gerekiyor ve senin gibi bir unsuru kaybetmek üzere olduğumuz doğru olsa da... bu senin sayende değildi.... "

Sonia kendini gösterir.

Değişti.

Büyümüş olmasının yanı sıra tanıştığı Sonia'dan daha rahat ve mutlu görünüyor.

El sıkışırlar.

"Robert, büyüdün ama pek değişmedin..."

Sonia, arkadaşına Monica ile olan bölümlerden işe alımlara, gruba, işine ve şimdi nasıl zevk ve tatmin hissetmeyi başardığına kadar tüm iniş çıkışlarını anlatıyor.

Robert inanmaz ama kabul etmeye karar verir.

Merkezin bilgisayar, sensör ve elektroniğinden sorumlu olacak.

Yerleşim günü, adayı görünce şaşkınlığı büyük, Sonia aynı şeyleri denediği zamanları düşünerek gülümsüyor.

Tüm alarm, kontrol, video izleme, makine testleri Robert'a anlatılır.

Bilgisayar becerileri ve mekanik bilgisi, onda yakında uygulamaya koyacağı çeşitli fikirleri harekete geçiriyor.

George sabırlı ve metodik bir öğretmendir.

Genel bir girişten sonra, Robert "antrenman" alanını, özellikle de havuzu ziyaret eder.

Havuz, normal bir olimpik havuzdan gözle görülür şekilde daha uzun, daha derin ve üç metre yüksekliğinde, kobayların kaçmasını imkansız kılıyor.

Robert prosedürü hayranlıkla izliyor: mayolu kobaylar, elleri arkalarından bağlı ve ayak bilekleri dört inç uzunluğunda bir zincirle bağlı (minimum bir hareket olasılığı sağlamak için) havuza yaklaşıyor. Elektrotlar göğse yerleştirilir (tek parça mayo altındaki kadınlar için) ve göğse bağlanır. Bir monitör nabzınızı izler. Bir vinçle baş aşağı asılırlar, önce elleri sonra ayakları serbest bırakılarak suya girmeleri sağlanır. Bugün uzun mesafe dayanıklılık testine tabi tutuluyorlar.

"Ama ellerinden gelenin en iyisini yaptıklarından nasıl emin olabiliriz?"

"Ah, görüyorsun, Robert - Şu anda monitörlerde olan Sonia araya giriyor - çok basit: Sonia acı verici (ama temelde zararsız) bir ağrı direnci testine tabi tutulur; ilki birkaç gün 'dinlenme'ye bırakılır. .. tabii ki aynı insanların acı çekmesini istemiyoruz, bu nedenle genellikle zayıf olanlara en son testlere dayalı olarak kronometrik bir avantaj sağlıyoruz ... hadi çoğu bizim takdirimize bağlı diyelim; önemli olan bu aptalların canavarlar bunun farkında değiller ve her zaman maksimumu zorluyorlar"

Robert, Sonia'nın birkaç yıl öncesine kıyasla sahip olduğu özgüvene şaşırır; şimdi genetik bölünmeden sorumlu; ama kesinlikle onu her zaman karakterize eden o soğukluğu korumuş görünüyor.

Erkekler, kronometrik verilerin zorlanmadan "sabitlenebilmesi" için ayrı ayrı başladıkları testlerine başlarlar.

Şimdi sıra kadınlara geldi.

Robert, meslektaşlarının tercihlerini hemen fark eder; Kadınlar arasında kobayları tercih eden tek kişi Sonia ve bundan utanmıyor gibi görünüyor. Erkekler arasında, sadece beceriksiz, küçük bir adam olan belirli bir Paul, her iki cinsiyetle de eşit derecede eğleniyor gibi görünüyor. Sonia'ya "bu gece Kübalıyı ve dansçıyı odama alıp birbirine şaplak atmaktan çekinmem; ah, Kübalıyı test etmek isterdim, ona dokunduğumda isyan etmeye çalıştı .. .anlıyor musun? "

Sonia ilgisizce başını salladı.

Robert'a bir yüzücü çarpar: kahverengi saçlar, kedi kahvesi gözler, heybetli ama narin bir fizik.

"Kim o George?"

"Ah, Gabriela! O tam bir İtalyan sporcu (yüzme, koşma, gülle atma) ve iki hafta önce geldi. Nerede daha iyi olduğunu görmek için birkaç fiziksel test yapacağız, ancak güzelliği göz önüne alındığında o da olabilir . arasında 'eğlence' de var kim bilir"

Robert, değiştirilmiş insanların onu mekanizma ile suya taşımak için konumlandırmasını izliyor. Asılarak, ayağa kalkıp muhteşem karın kaslarını kasmak için içgüdüsel bir hareket ima ediyor. Suya girdikten sonra, ayrılırken etkileyici bir hız ve güçle yola çıkar; Kas yapısı, bir adım aşağıda kalmasına rağmen, neredeyse Monica'nınkiyle eşleşiyor.

"George ... sanırım ... bir isteğim var ..."

"Ah, biliyordum! Hemen dikkatinizi çekti, değil mi? Eh, henüz 'eğlence' kapsamında sayılmıyor, ama yeni olduğunuz için bir istisna yapacağız, Sonia'dan kazanmasına izin vermesini isteyeceğim. Onu yarın gece dinlendir ve özel talebi Üye 231'e ilet. "

Gün sorunsuz geçiyor.

Adadaki ilk akşam yemeği Robert için de olumlu, Sonia'nın çok yardımı oldu ve bu da kendisini çok rahat hissettiriyor.

Gece için "kurbanları" seçmeye gelince, Robert'ın zaten özel bir isteği vardır.

"Pekala George, Üye 231, tüm bu kobaylar çok güzeller ve onları kesinlikle takdir edeceğim. Ama ilk gecemi İtalyan atlet Gabriela ile geçirmek isterdim, ancak sadece yarın müsait olacağından bugün her birinizi 'ziyaret etmek' gibi, bunun gibi, sadece zevklerinizi ve 'eğlencenin' nasıl çalıştığını anlamak için, buna izin verilirse her zaman ... ve sizinle de Üye 231, ne yaptığınızı görmek isterim beğenmek "

İş arkadaşları memnuniyetle kabul eder.

İlk gördüğü hocası George'tur.

Genç ve büyük göğüslü bir sarışın (bir Alman fahişe) yatağına yarı çıplak bağlanır, George yatağın yanına buz, çeşitli yiyecekler ve şarapla dolu bir araba getirir. Açıkçası, yiyecekle ilgili bazı farklılıklar ve tabii ki kobayların hareketsizleştirilmesini gerektiren gerekli önlemlerle geleneksel ilişkilere sahip olmayı seviyor.

Arkadaşı Sonia'nın odasında siyah bir sprinter var. Çıplak, dikey olarak X şeklinde bağlanmış ve yerden hafifçe yükseltilmiş. Sonia vücudunun her yerine elektrotlar uyguluyor.

"Sana bir şey hatırlatıyor mu, Sonia?"

İkisi arasında sessizlik.

Sonia bir gülümseme ima ediyor. Her ikisi de belirli bir kişiye yönelik çılgın bir arzuyla birleşir. Monica'nın nostaljisi onları neredeyse melankolik yapar.

Robert, eski okul arkadaşının anısını ortadan kaldırmak için onu orada bırakıp başka bir yere gitmeye karar verir.

Samantha ve Julia, kırklı yaşlarında iki kadın, güzel değil ama kesinlikle sevecen, kobayları beslemek ve sağlıklarını izlemekle görevli kadınlar, aynı odada kaslı, çıplak, bir tür jinekolojik masaya sıkıca bağlılar. Retraktör ağzı açık tutar. Bilekler, pazılar, boyun, karın, uyluklar ve ayak bileklerindeki kalın kayışlar, bacaklarınızı açarak sizi yatakta güvenli bir şekilde hareketsiz kılar.

Samantha yavaşça tahrik ettiği adama el yordamıyla dokunurken Julia, Robert'a şunları açıklar:

"Böyle eğleniyoruz, onu mümkün olan her şekilde uyandırıyoruz, onunla oynuyoruz, onu orgazmın eşiğinde tutmak için oynuyoruz. Umutsuzluğun eşiğinde olduğunda ... eh, nasıl olduğuna bağlı iyi ki yalvarıyor"

Bununla birlikte meslektaşına katılır ve sabırla kurbanın cesedi üzerinde çalışmaya başlar. Adam onun dokunuşuyla gözle görülür bir ereksiyon yaşadığı için Julia daha deneyimli görünüyor.

Samantha biraz kırgın görünüyor ve ona tokat atıyor.

"Yani onu mu tercih ediyorsun? Lanet köpek!"

Ve Julia şehvetli bir şekilde işine devam ederken, kulağını şiddetle ısırır.

Robert, sadist Paul'e gider.

Her ikisi de siyah olan bir kadın ve bir erkek, iç çamaşırlarıyla birbirlerine bakacak şekilde bağlanmışlardır. Her ikisinin de vücudunda bariz şaplak izleri, daha çok kadında.

Robert merhaba diyor, adama karşı özel bir sempatisi yok.

Üye 231.

Robert kapıyı çalar.

"İlerde"

Yarı çıplak bir erkek ve kadın, dönen fırçalar, kalemler ve kürdanlarla garip bir düzenek üzerinde ağzı tıkanmış ve hareketsiz hale getirilmiştir.

"Gıdıklama makinesi Robert. Gördüğün gibi en çekici olanları değil, en hassas öğeleri seçtim. Bak."

Kadın bir düğmeye basar. Fırçalar ve tüyler iki zavallının en hassas yerlerinde dans etmeye başlar; koltuk altları, kalçalar, ayaklar, boyun en çok strese giren bölgelerdir.

Kadın özellikle öfkeden kıvranıyor, çırpınarak bağırıyor.

Robert tüm bunlardan büyüleniyor.

Ancak odasına çekilir. Ertesi gün Gabriela'yı tercih etmesi aslında odasına çekilip eski bilgisayarını açmak için bir bahane: nostalji onu esir alıyor, artık genç ve gelecek vaat eden bir sporcu olan sevgili Monica'nın fotoğrafları onun tarafından titizlikle ve takıntılı bir şekilde korunuyor; en sıradan fotoğraf pozlarından performansları sırasında yakaladığı durağan görüntülere kadar.

Onu unutamaz.

Kapınızın çalındığını duyduğunuzda başka bir video veya makale bulmak üzeresiniz.

"Sonia, gel, içeri gel"

"Merhaba Robert, nasılsın?"

"Bak, beni bu kadar ileri götürdüğün için sana asla teşekkür etmeyeceğim. Sana asla borcumu ödeyemeyeceğim."

"Liseden beri tanıdığım birinin burada olması benim için bir zevk olduğunu bilmelisin."

İki eski arkadaş gibi konuşuyorlar, şundan bundan bahsediyorlar, Sonia yaptığı sadist işlerden bir hiçmiş gibi bahsediyor.

Bir noktada Sonia basıyor:

"Sürekli onu düşünüyorsun... değil mi?"

Yanıt olarak Robert, Sonia'ya bilgisayarındaki fotoğrafları gösterir. Sonia, rüyalarının kurbanının klasörlere ve alt klasörlere bölünmüş fotoğraflarını görünce şaşırıyor: videolar, röportajlar, makaleler, fotoğraflar, spor performansları.

Ona adada neler yapabileceğini düşünmek, daha önce hiç olmadığı kadar hayal gücüyle uçmasına neden oluyor. Monica'nın sırıkla atlamada mücadele ettiği bir fotoğraf dikkatini çekiyor: Atlet direkten yeni ayrıldı, yüzü çabaya odaklanmış, ince kaslar aynı anda gergin ve kıvrımlı, çılgınca üst kısım yükseliyor. Karnı ve tüm yontulmuş karın kaslarını keşfedin.

Sonia uçar ve adada kobay olarak Monica'nın olduğunu hayal eder, ancak onu bir düşünce yakalar:

"Robert... sen... onu seviyorsun değil mi? Yani geleneksel bir şekilde, onu asla incitmezsin, onu kendine isterdin, eğer burada bir kobay olsaydı, onu serbest bırakmak isterdin ve ona kendi duygularını göstermek isterdin." aşk ... gerçek mi? "

"Sonia... ne kadar değiştiğimi bilmiyorsun. Büyüyüp gerçekle, senin fiziksel görünüşünle çarpışarak, asla böyle bir yaratığa sahip olamayacağını anlıyorsun, o nasıl aşık olabilir ki? Bak, ona olan arzum değişmedi, aslında eskisinden daha güçlü, ama bir fark var.

O gün attığı tekmenin bende bir sürü cinsel sorun yarattığını bilmiyor olabilirsiniz; Hiç çaresiz değilim, ama sahip olmak için mücadele ediyorum ... burada ne olduğunu biliyorsun; bunun yerine elimde bir kadının olması fikri beni çok heyecanlandırıyor. Monica o zaman... bunun hakkında konuşmayalım.

Onun bana yaptığı gibi ben de onu küçük düşürmek istiyorum. Onun acı çekmesini istiyorum. Beni küçük düşürdüğüne pişman olmasını istiyorum. Onu bildiği dünyadan koparıp almak ve ona çok fazla zarar vermeden yavaşça işkence etmesi için burada olmasını istiyorum. Elimde bir köle, bir nesne olmasını istiyorum. Ama acı çekmeli, isyan etmeli, öfkeyle haykırışını duymak istiyorum"

Robert'ın gözleri parlıyor ve Sonia'nınkilerle buluşuyor.

Durumun büyüsü, ikilinin karşılaşması, ortaya çıkan duygular ikilinin arasındaki engelleri yıkıyor. Neredeyse kendinden geçmiş, ikisi kucaklaşıyor, sonra el ele tutuşup Monica'nın fotoğrafına bakarak birbirlerini okşamaya başlıyorlar.

Şimdi suç ortağı oldular.

Birbirlerine çekici gelmiyorlar. Ancak dileği aynı yöndedir.

"Robert, 231 numaralı üyeyle kaç kez konuştuğumu bir bilsen... gerçek şu ki, o ünlü, biliyorsun? Çok fazla göz onun üzerinde. Peşinde çok fazla insan var. Bu bir mucize olur, ben istemiyorum" Bilmiyorum, onu tutuklatmak için ya da ... bah. Asıl mesele şu ki, kendimi kandırmak istemiyorum . Zaten burada bizi rahatlatacak bir şeyimiz var, öyle değil mi? "

Robert pek ikna olmamışçasına başını salladı.

hoş eğlence

Robert odasında televizyonda haberleri izliyor.

Ne kadar sürer? Birkaç dakikalığına burada olmalılar - diye düşünüyor.

Kapıyı çalarlar.

"Ah, sonunda"

Değiştirilmiş insanlar odaya bir araba ile girer.

Gabriela geleneksel olarak X-bağlıdır, gözleri bağlıdır ve ağzında ekartör vardır.

Robert'ın emrettiği gibi, beyaz bir külot ve atlet giymiş.

Yalnız bırakılırlar.

Gine domuzu tasmaları çekiştirip bu sonsuz bekleyişin nedenini merak ederken, Robert sadistçe bir sabırla arkasını döner ve avına yakından bakar.

İlk kez hayallerinin gerçek olduğunu gördün.

Gine domuzu muhteşem bir örnektir. Artık bağlandığına göre, muhteşem vücudunun her santimi yakından görülebiliyor.

Robert parmağıyla ve nazikçe onu burada burada kızdırmaya ve çimdiklemeye başlar; titrediğini, kaslarının daha belirgin hale geldiğini görmek güzel; Pektoral ve pazı bölgesini kıstırıp kemirerek tutarlılıklarını test edebilirsiniz.

Butt mükemmellik için bir marştır, kıvrımlı ve tonlu.

Robert, kalçanın sıkılığını test etmek için külotun lastiğiyle oynuyor.

Zaten bazı fahişeleri bağlamıştı ama yine de hepsi razı oldu; ve her halükarda çok yanlış bir şekilde bağlanmalarına izin verdiler.

Şimdi her şey farklıydı.

Üstelik henüz böyle bir ceset görmemişti; Elbette, Monica'nın vücudu ulaşılamazdı, ancak bu "yedek" yine de dikkate değerdi. Dahası, Monica'nın kendisine vurduğu kısa durumlar dışında, Monica'nın vücudunu yakından incelemeye hiç vakti olmamıştı .

Şimdi Gabriela oradaydı, elleri bağlı ve onun insafına kalmıştı. O anın tadını çıkarmak istedim.

Tak ... tak ... Robert, hareket özgürlüğünü azaltmak için ona daha fazla baskı yapmaya karar vermişti; Kollar ve bacaklar, sınıra kadar olmasa da iyi gerilir.

Rass ... makasla kolsuz bluzun askılarını üstte kesin.

Açıkta kalan kaburgalarla (pozisyona göre), ancak güzel ve sıkı göğüslerle muhteşem bir göğüs.

Retraktör, kenarını yukarıda tutmak için üstteki bir çubuğa takılır.

Ellerinde çok fazla güç ve güç var.

Bir kürdanla kalçalarına, karnına, koltuk altlarına deler.

Onu en çok tatmin eden şey istemsiz reflekslerdir.

Zamanla, geleneksel seksi giderek daha az sevdiğini keşfetti. Kurbanın nafile isyan girişimleri onu şiddetle heyecanlandırır.

Külotla dışarı.

Robert sabırla onun genital bölgesine gider ve cımbızla sinir bozucu bir şekilde saçını çekmeye başlar ... tac; burada kurbanın inlemesine neden olan kaybolan bir kasık kılı var.

Terlemeye başlayan kurban için hızlı ve kararlı patlamaları uzun ve acı verici patlamalarla değiştirmeyi sever.

Ter, Gabriela'nın vücudunun görsel olarak hoş bir şekilde parlamasını sağlıyor.

Robert onun kokusunu alır ve her tarafını yalar, sonra ağrılı ağdaya geri döner.

Bu gece Robert, geçmişteki tüm ıstıraplarının kısmen o andan elde edeceği tatminlerle haklı çıkacağını anlıyor. Gabriela, sadist ve sabırlı Robert'ın neden olabileceği aşağılanma ve fiziksel acının ilk kurbanıdır.

Talihsizi kobay olarak kullanan Robert, onun üzerinde elektrostimülasyon deneyleri yaparak bir insanda asla ulaşmayı düşünemeyeceği sınırlara ulaşır.

Güzel atlet üzerinde tam kontrole sahip bir Tanrı gibi hissediyor.

Küçük oyunlarla dönüşümlü iki saatlik işkencenin ardından alınan zevk, saatlerce uykuya dalan Robert için oldukça tatmin edicidir.

Uyandığınızda, kobayınızın bütün gece bağlı olduğu pozisyondan bitkin düştüğünü, ancak yine de dokunuşunuza tepki verdiğini görürsünüz.

Yüzünü görebilmem için toplayıcıya bağlı zinciri bırak. Kurbandan bir tiksinme hareketiyle onu coşkuyla öpüyor ve ardından öfkeyle tokat atarak Monica'yla yaşadığı hayal kırıklığından duyduğu tüm hüsranı dışa vuruyor.

Keşke burada, zavallı Gabriela'nın yerinde olsaydı... çocuğu bir parça nostalji kaplar.

Takip eden aylarda Robert, hem deneyler hem de "seanslar" için kullanılan tüm gözetim sistemlerini ve tüm elektrikli ve mekanik cihazları verimli tutmak için çok çalıştı. Hayal gücü ve dehası sayesinde, eski selefinden çok daha güvenli ve verimli bir sistem geliştirebiliyor.

Sonia ile aralarındaki uyum ve çok benzer zevklerle pekiştirilen ortak tutku, araştırmalarında Üye 231'in tahminlerinin çok ötesinde mükemmel sonuçlar elde etmelerini sağlar.

Genellikle akşam yemeğinden sonra kobaylarla oynamak, onlara işkence etmek, tecavüz etmek ve hatta onları küçük düşürmek için bulunurlar.

Ancak diğer geceler, kendilerini sevgili Monica G.'nin fotoğraflarına nostaljik bir hayranlıkla bakarken bulurlar.

Durumun sunduğu sayısız oyalamaya rağmen gerçekleştiremedikleri bir işkence.

2018 yılının Noel'i yaklaşıyor, Üye 231 Noel arifesinde ikisini de toplantıya çağırıyor.

"Oturun sevgili varlıklar. Son birkaç ayda en çok sizin sayenizde ne kadar yol kat ettiğimizi bilemezsiniz. Özellikle değiştirilmiş insanların yeni prototipleri ve onları diğer değiştirilmiş insanlar aracılığıyla telepatik olarak kontrol etme yeteneği konusunda. kimsenin aklına gelmeyecek bir şey. Ben bile hayal etmeye çalışmadım. Robert'ımızın dehası sayesinde modernize edilen yapılardan bahsetmiyorum bile "

Robert ve Sonia biraz kızararak birbirlerine bakıyorlar ama iltifatları hak ettiklerini biliyorlar.

"Ancak onları biraz üzen bir şey var, bunu hiç konuşmasalar da herkes biliyor"

İkisi kadına nasıl cevap vereceklerini bilmiyorlar.

"Normalde bu tür şeyler için işi kişisel olarak almam ama onlar da katılıp gruba çok şey kattıkları için onlar için bir istisna yaptım."

Kadının sözlerinin anlamını merak ederek biraz şaşırmış görünüyorlar.

"Şey ... dürüst olmak gerekirse, olaylar bana yardım etmeseydi bunu yapabilir miydim bilmiyorum ... diğer şeylerin yanı sıra, yarının Noel olması komik; şey, için sabırsızlanıyorum yarın seni bir hediyeyle şaşırtmak için... "

Sonya araya girer...

"Ve bu kesim, üye 231?"

Noel 2018 - en güzel Noel

Monica G., diğer adıyla Fantastic Girl, garip, neredeyse fütüristik bir hücrede yerde yatarken uyanır; Beyaz duvarlar, loş ışık, içinden hiçbir şeyin görünmediği bir cam gibi bir bilimkurgu filminin içindeymiş gibi gelir ona.

Biraz şaşkın bir şekilde ayağa kalkar. Gri kılık değiştirdiğini ancak artık maskesi olmadığını anladığı an her şeyi hatırlar: geceyi, kavgayı, zaferini, dartı... ve sonra yine polisi, içeri giren yabancıları... ve sonra hiçbir şeyi.

Nerede? Bir hücrede mahsur kaldı, ama nerede?

Ne yapacağını bilemeden camı tekmelemeye ve itmeye başlar, ancak omzunu incitmekten başka bir etkisi olmaz; ve gücü sayesinde birkaç kapıyı bu şekilde kırdığını ve kurnazca değil.

Camın diğer tarafında bir ışık.

Mavi tulumlu bir düzine adam camın diğer tarafından odaya giriyor, daha önce gördüğünüz türden üniformalar. Hepsi silahlı, ikisi bazı garip aletlerle bir araba taşıyor, Monica sadece görünüşe göre hareketsiz kalmaya yarayan bazı garip kayışları tanıyabiliyor.

Sonunda bir kadın ... bekle, onu tanıyor, o Sonia'nın zamanındaki karakoldaki aynı kadın ve ona kader sorusunu soran aynı kadın "Sen Fantastic Girl mısın?"

"Neler oluyor burada? Polis nerede? Sen kimsin, benden ne istiyorsun? Ben kimseyi öldürmedim, hırsızlık bile yapmadım, bu yasa dışı..."

"Ama ne kadar kelime istersen sevgili Monica ya da Fantastic Girl. Dinle, sana her şeyi daha sonra ve çok sakin bir şekilde anlatacağım... ah, uh, bana inanmayacaksın ama çok zamanımız var. mevcut ..."

"Zaman mı? Kimseye ayıracak vaktim yok, şimdi bir telefon görüşmesi yapmak istiyorum, hakkım var..."

"SSSHHHH, görüyorsunuz, sevgili jimnastikçim - kahramanım, anlanması gereken ilk şey, bundan sonra olsun ya da beğenme haklarınız olmayacak. Şimdi lütfen o aptal kılık değiştirmeye başlayın ..."

"Beni iyi dinle seni kahrolası orospu, kim olduğunu bilmiyorum ama ben iyi tanınırım, beni ararlar, ben kimseden emir almam..."

"Eeeehhh, bunun böyle biteceğini zaten biliyordum beyler, 'ısıtma'yı etkinleştirin ..."

Mavi takım elbiseli bir adam bir düğmeyi çevirir.

Işıklar söner, Monica artık camın dışında hiçbir şey göremezken, tutsak dışarıdan açıkça görülebilir.

Saniyeler içinde hava daha ağır, daha sıcak ve solunamaz hale gelir.

Monica bunun nasıl olabileceğini, hangi cehennemde olduğunu merak etmeye başlar. Isı dayanılmaz hale gelir, nem çok yüksektir.

Monica fiziksel olarak çok hazırdır, ancak birkaç dakika sonra nefes alma sorunları yaşamaya başlar. Ama kadını tatmin etmek istemiyor.

Hücre aniden metal çubuklarla ikiye bölünür.

Bulunduğunuz alan aynı kalır; diğer alanda, Monica tavandan çıkan bir tür nozül görüyor. Belirli bir noktada nozülden su çıkmaya başlar.

Monica anlamaya başlar.

Tüm gücüyle bir şekilde geçmek için parmaklıkları bükmeye çalışır, ancak narkotikten sersemlemesinin yanı sıra ani sıcaktan da bitkin düşer.

"Görüyorsun, sevgili jimnastikçi arkadaşım, şimdiye kadar fark etmeliydin ki, diğer tarafa geçmek istiyorsan o aptal kostümü çıkarmalısın, sen onu çıkarana kadar parmaklıkların hala orada olacağını görüyorsun. Ah! , ve biliyorsun, sana her an sakinleştirici bir dart atabiliriz ve aptal aptal olduğunu kanıtlarsan istediğimizi yapabiliriz. Hey hadi, şimdi sıcaklık kırk derecenin üzerinde, su oldukça soğuk, serinlemek istemez misin? " _

Monica'nın hayatta kalma içgüdüleri gururdan üstün gelir.

Nem, yorgunluk ve ter göz önüne alındığında, biraz zorluk çekmeden tamamen soyunmayı ve "aptal kılığını" yere atmayı başarır.

Hiçbir şey olmuyor.

"Hey, soyundum, başka ne yapmamı istiyorsun? Kahretsin!" Monica, sesinde bir miktar hayal kırıklığıyla çığlık attı.

Sadistçe bir bekleyişin ardından kadın cevap verir.

"Aptal kılığı bu yuvaya koy"

Camın altından bir kap çıkıyor. Monica kostümü giyer.

Üye 231, kostümlü kobayın terini kokluyor.

Buna karşılık, bir adam bir düğmeyi çevirir, parmaklıklar kaldırılır, Monica kendini duşa atar ve onu tutsak edenlerin meraklı bakışlarını görmezden gelerek suyun vücudunun her yerine akmasına izin verir.

Işıklar tekrar yanıyor.

Kadın alkışlıyor.

"Aferin, görünüşünün ima ettiği kadar aptal olmadığını görüyor musun?"

Kadın avını farklı bir gözle görmeye başlar; kendi kendine düşünür.

Yirmi yılı aşkın bir süredir denediğim tüm sporcular arasında bu kadar iyi yapılmış bir kobay gördüğümü sanmıyorum. gerçi ben erkeklerden hoşlanıyorum "Böyle bir kadın herkesi lezbiyene çevirebilir. Neredeyse... Onu hemen hareketsiz hale getirebilirdim, ama bakalım kavga nasıl çıkacak; Yıllardır yapmadım, ama kaçabileceğine seni inandıracağım..." Her ne kadar değiştirilmiş insanlar arkadaşlarından biri yaralanırsa şikayet etse de"

"Şimdi güzel Monica'm, adamlarım içeri girip sizi hareketsiz bırakacak, bu arada yapacak başka işlerim var, lütfen, cezalandırılmak istemiyorsanız... davranın; beyler, hepsi sizin, ANAHTARLARI BIRAKALIM KAPTANIN ELİNDE BİNAYA GİRİN Onu on beş dakika içinde oldukça bağlı bir şekilde ofise getirin. "

Üye 231, yalnızca coplar, zincirler ve kelepçelerle donanmış, biri diğerlerinden farklı kırmızı bir takım elbise giymiş, değiştirilmiş diğer on insanı içeri alır.

Monica çıplak, ıslak ve sıcaktan bitkin ama dövüş alışkanlığı ona her durumu değerlendirmeyi öğretmiş.

Kırmızı olanın mutlaka kaptan olması gereken on tane sayın. Coplardan başka silah taşımıyor gibi görünüyorlar. Ve anladığı kadarıyla onu canlı istiyorlar. Bu onun gibi biri için çok büyük bir avantaj. Saçma durumla karşı karşıya kaldığında, en az bir umutsuz girişimde bulunmaya karar verir.

İkisi kelepçeli ve kravatlı olarak arkasından geliyor, ikisi de önünde; diğerleri müdahaleye hazır coplarla bekliyor.

Kollarını arkadan tuttuklarında sıkıca tutar ve öndeki iki kişinin karşısına fırlatır, yere fırlatır; yakaladığı iki kişi, her iki kafaya şiddetli bir şekilde vurarak etkisiz hale getirilir.

Şimdi coplu beş adam aynı anda her taraftan yaklaşıyor. Güçlü, hızlı bir içgüdüsel sıçrayışla kendini birden fırlatır, silahı etkisiz hale getirir ve kendisine bir cop kazanır. Diğerleri ona saldırır ve ikisi şiddetli bir şekilde dizlerine vurarak düşmesine neden olur. Diğer ikisi bundan yararlanır ve karnına tekrar vurur, ancak o, sanki darbeleri fark etmemiş gibi, takla atarak onları çevreler.

Üye 231, olayı gizli bir kameradan izliyor. Coplarla donanmış on savaş eğitimi almış değiştirilmiş insan göndermişti. Onlarla etkileyici bir kolaylıkla savaştı. Atlayışları ve tekmeleri inanılmazdı. Üç tanesi kaldı. Monica sopayı düşürmüştü, kolları daha da ölümcüldü. Mermer bacaklarıyla bir kurbanı bayılana kadar sıktı, geri kalanını iki eliyle yere tuttu. Hayatta kalan tek kişiye, "kaptan" a hitap ediyor.

Görebildiği kadarıyla, muhtemelen yarısından azı hala hayattaydı. Ölümcül bir silah, şiddetli bir savaşçı.

Zavallı adam titreyerek anahtarları ona verir, sonra kadın yumruğunu kağıttan yapılmış gibi vurur.

"Olağanüstü. Bir yirmi dakika daha al..."

Üye 231, aşağı inmek için monitörden ayrılıyor.

Değiştirilmiş insan grubu, yirmi olmanın yanı sıra işlerini kolaylaştıran bir ağa sahiptir.

Onu bir hayvan gibi ağla yakaladıktan sonra, sırtına ve ayak bileklerine kelepçelemeyi ve bir tür tasma takmayı başarırlar.

Netten çıkarıyorlar.

"Bakmak"

Monica, ondan yaklaşık sekiz inç daha uzun olan üye 231'in önünde duruyor.

Yakından bakıldığında, hâlâ devam eden şiddetli kavgadan nefes nefese kalan vücudunu takdir edebilir.

Değiştirilmiş bir insan onu bağlı tutuyor, diğer ikisi zaten kelepçeli, ayak bileklerinde iki zincirle yine bağlı olan kollarını tutuyor.

Çıplak ve ıslak.

Etkileyen, önlenemez kadınlık, güçle birleşen güzellik, nadir olmaktan çok benzersiz bir örnek.

O zonklayan göğüsler çok çekiciydi.

"Biliyor musun tatlım, ben kesinlikle heteroseksüelim, erkeklere bayılırım. Ama sen... burada benzersiz bir şey var, yontulmuş karın kasları... ne kollar ve omuzlar... ne de bacaklar, ne mükemmellik... sen' terli. .. sıcak "

Koyu saçlı atlet, Sonia tarafından bağlandığı ve işkence gördüğü zamana kadar uzanıyor.

Şimdi çok daha kötü bir durumdaydı ve bunun tek nedeni bir çıkış yolu görememesi değildi.

Bağlanmış Çıplak O kadının gözleri üzerindedir.

Kadın göğüslerini, karnını, kalçalarını okşamaya başladığında kalbi göğsünde güçlü bir şekilde atmaya başlar.

Son bir umutsuz çabayla, şimdi dudağı kanayan yerde, iki ayağı da kadının yüzüne bağlıyken tekme atacak gücü bulmayı başarır.

"Aptallığıma lanet olsun... asla bir kobayın yanına bizzat gitmeyin. Onu yatağına yatırın, çift tasma kullanın!"

Değiştirilmiş insanlar, sayısal üstünlüğe, Monica'ya zaten bağlı olan kelepçelere, tasmalara ve zincirlere rağmen, onu tamamen beşiğe bağlamadan, gözlerini bağlamadan ve toplayıcıyla ağzını tıkamadan çok önce mücadele ediyor.

"Artık güvende hanımefendi"

"Güzel. Uzak dur"

Kadın salam gibi bağlanmış halde yatağa yaklaşıyor.

Kayışların sayısı, hayran olunabilecek çıplak ten yüzdesini bir şekilde sınırlar, ancak her durumda güzel bir manzaradır ve bu noktada güvende olmak en iyisidir.

"Görüyorsun orospu, kimse beni tekmelemedi. Şimdi, ben adil bir kadınım ve sana hiçbir şey yapmayacağım, çünkü seni... iyi tanıdığın iki kişi için el değmeden bırakmalıyım, sen Onlara bir ödül, biliyor musun?" Ve kendimi tutuyorum Sana bunu ödeteceğim zaman soğuk bir şekilde gelecek. Size daha önce de söylediğim gibi, zaman hiç de eksik değil "

Bununla birlikte, sağ meme ucunu alır ve sertçe sıkar.

Monica acıdan çok aşağılanmadan kıvranıyor.

"Kayışlarda çıplak bir vücudun sesini seviyorum. Ofise götür. 'Tatlı' arabasına bağla, kendim tamir ederim."

Monica gözleri bağlı olduğu için hiçbir şey görmüyor, sadece başka bir yere götürüldüğünü hissediyor.

Bir kapı kapanır. Birkaç kişinin uzman elleri, eski kayışları çıkarmadan hemen yeni kayışları size uygular. Tecrübe ve manik bir sabırla, ayakta durmak için hareketsiz kalıyor.

Vücudun her yerinde soğuk su.

Sabun.

Birkaç kişinin eli, ama acele, arzu hissetmiyorum. Bir nesne gibi hissettiriyor.

Onu yıkarlar.

Şimdi aynı prosedürle, onu her zaman tutulan bir arabada hareketsiz hale getiriyorlar.

Hareket etme olasılığının olmadığını kontrol edene kadar esner.

Bu da yetmezmiş gibi diz üstü ve altı, uylukta hem kasık ortasından hem de yakınından, belden, karından, memelerin üstünden ve altından, boyundan, kalçanın üstünden ve altından kayışlar takıyorlar. dirsekler. Ağızda, burun klipslerle kapatıldığı için nefes alabileceği tek açıklık olan yükselen bir çubuklu başka bir ekartör vardır. Gözlerinde, hiçbir şey göstermemesine ek olarak, başını bir inç hareket ettirmesine izin vermeyen bir çerçeve.

Kaçınılmaz biçimde hareketsizdir.

Onu öldürmek isteselerdi, öldürürlerdi. Ona ne olacak? Hangi iki kişiden bahsediyordu?

Düşünceleri, vücuduna püskürtülen bir tür köpük hissi ile kesintiye uğradı.

Bir düğmeyi çekersiniz ve sıcaklığın düştüğünü hissedersiniz.

Ofiste Robert ve Sonia ile kalıyoruz.

"Ve bu kesim, üye 231?"

Bayan gülümsüyor ve dudağında bir kesik olduğunu gösteriyor.

"Gazeteleri okumuyorsun değil mi? Böylesi daha iyi, her şey daha güzel olacak. Ah, bendeki kesik? Neyse merak etme, ciddi bir şey yok, kim yaptıysa pişman olacak zamanı var, çünkü burada ne var. Şimdi bu akşam yemeğe misafirim olmayı kabul edin. Bu arada, odalarınızdaki telematik sistemlerini yasaklama cüretini gösterdim, bu yüzden haberleri takip edemeyeceksiniz ... ama sadece bu gece için. "

"Memnuniyetle kabul ediyoruz Üye 231. Akşam görüşürüz"

Üye 231 genellikle tek başına veya herkesle birlikte yemek yer, nadiren diğer insanlarla yemek yer.

Robert ve Sonia patronlarının odasına giderler.

"Hoş geldiniz, erken gelin. Anlıyorum, biliyor musunuz? Oturun."

Üç sandalye, ortası yok.

"Ama ne...?"

"Garsonlar lütfen"

Değiştirilmiş iki insan bir araba ile girer.

Robert arabayı tanır: kurbanlar tamamen hareketsiz hale getirilir ve vücutları, akşam yemeklerini alışılmadık bir şekilde aydınlatmak için yiyeceklerle ıslatılır. Bu sefer vücut tamamen örtülmüştü. Bir buzdolabı, kremayı saklamak için sıcaklığı düşük tuttu. Bir şaheser, bu sefer meşguldüler. Vücudun her yerinde krema ve beze. İri göğüsler, meme uçlarında kiraz bulunan kremayla kaplıydı. Yüz, içi boş bir kavun ve çevresinde bir jambonla kaplıdır. Üstte bir solunum tüpü. Kasık bölgesinde ortada bir hindistancevizi, stratejik. Ve sonra krema. Krema ve beze.

Düşük sıcaklık, kobayın ürpermesine neden oldu, ancak onu tutan sayısız kayış nedeniyle hareket etmek neredeyse imkansızdı.

Tamamen örtünmüştü, ama kadının fiziğinin muhteşem olduğunu şimdiden tahmin edebiliyorlardı: uzun boylu, keskin ama hatırı sayılır kas kütlesi, tonlu ve dolgun bir göğüs; ve henüz en iyisini görmemişlerdi.

Garson eritilmiş çikolata getiriyor.

"Kendine hizmet et"

Sonia karnına sıcak çikolata döküyor. Kurbanın nefesi kesilir ve ardından bir "nnnggghhhhh!" boğulmuş

Lokantalar karından gelen lezzetin tadını çıkarmaya başlar.

"Bu aranjman güzel, biraz daha sık yapmalıyız"

Robert gümüş çatalını beze daldırarak şaka yapıyor.

Birkaç dakika sonra karın oldukça çıplaktır. Yemek yiyenler, kaslı, yontulmuş karın kaslarını takdir edebilir, ancak yine de kıvrımlı ve pürüzsüzdür. Gine domuzu koyu tenlidir, ancak batılıdır.

Robert çatalının ucuyla karın kaslarında belli belirsiz küçük kasılmalara neden olarak onunla dalga geçmeyi seviyor.

Üye 231, soğutucu akışkanı devre dışı bırakır.

"Deneme zamanı, sence de öyle değil mi?"

Sonia, artık açıkta olmayan karnının üzerine sıcak çikolata döküyor. Gine domuzu bir çığlık atar ve daha çok kıvranır. Kayışlara rağmen, çekmeleri buzlanmayı Sonia'nın tarafında, sağ meme ucuna düşürür.

"Ama bak, görünüşe göre küçük dostumuz isyan ediyor. Bak Robert, dekoru mahvetti."

Robert araya girer.

"Peki bu arada askıları bantlayalım"

Monica, yiyecek örtüsünün arasından sesleri duymayı başarır. O tanıdık sesler... hayır... olamaz. Bu bir kabus olmalı...

"Düğme nerede Sonia? Ah, işte burada, ne kadar aptalca"

Panik içinde var gücüyle kıvranmaya başlayan Monica için bu ismi duymak, kalbe bir darbe gibi gelir.

Diğer krema düşüyor, kolların etrafındaki bezenin bir kısmı gevşiyor, askıları gevşemiş gibi oluyor.

Robert bir düğmeye basar.

Tasmalar, artık daha belirgin nefes almaya başlayan kobay tekrar sakinleşene kadar sıkılır.

Çabalar ve ter, dekorasyonun bir kısmını eritti, şimdi zaten açıkta olan karına ek olarak omuzları, koltuk altlarını, pazıları, uylukları görebilirsiniz.

Artık ikisi kurbanın vücudunun daha fazla ayrıntısını görebilir, kas tanımını ve etin sertliğini takdir edebilir. Hiç böyle bir kobay gördüklerini hatırlamıyorlar.

"Krem iştah açıcı görünüyor"

Bu, Sonia üzerinde baskı yaratır ve hemen açgözlülükle göğüslerini yalamaya başlar, ardından Robert gelir.

Mükemmel kremayı yemekten daha fazlası, amacı, büyük, koyu ve etli meme uçlarıyla sonuçlanan pektorallerle mükemmel bir şekilde bağlantılı fantastik, bol, sıkı, yuvarlak göğüsleri keşfetmektir.

Göğüslerin üstündeki ve altındaki askıları çözdükten sonra pektoral kasların göğüsleri nasıl canlı ve asi bir şekilde hareket ettirdiğini gözlemlerler.

Koltuk altlarında ter oluşmaya başlar.

İkili endişeyle parmaklarını ve dillerini uzatır.

"Kıvrandığını görmek istiyorum... Bir fikrim var"

Robert elini şnorkele koyup kapatıyor.

Bir dakika sonra kobay öfkeli gibi hareket etmeye başlar. Bu arada Sonia, kobayın zıplamasına neden olacak şekilde meme ucunu ısırır.

Robert solunum cihazını açar.

Göğüs çılgınca yükselmeye ve düşmeye başlar, Robert bu fırsatı açgözlülükle yalamak için kullanır.

Kremin neredeyse tamamen çözüldüğünü gözlemleyerek oyunu üç veya dört kez tekrarlayın.

Üye 231 onları zevkle izliyor; zaten bir şeyden şüphelenip şüphelenmediklerini merak ediyor. Bu noktada kobayın uyluğunun içini kemirerek ve kaslarının kasılmasını izleyerek de katılır. Bir kadın istediği hiç aklına gelmemişti... şimdiye kadar.

Yirmi dakikalık acımasız oyunlardan sonra, kayışlar dışında vücut tamamen çıplak. Ve yüz kapalı.

Robert ve Sonia hayran olmak için bir an dururlar.

Tanım, bütünün dolambaçlılığı inanılmaz. Üzerinde mermer kalçalar varmış gibi görünen bacaklar.

"Bu sefer bir sınıra ulaştığımızı söylemeliyim. Bundan daha güzel bir vücut olabileceğini sanmıyorum. Bu kimin yüzü olacak. Bununla sadece bir kişi eşleşebilir ve kimi kastettiğimi biliyorsun, Robert." .."

İkisi birbirine bakar.

Yüzlerinden şüphenin gölgesi geçiyor.

Üye 231 alır.

"Arkadaşlar, sanırım bu anın tadını tek başınıza çıkarmak istiyorsunuz, ama önce... işte dünkü gazete. İkinci sayfadaki başlığı okumanızı öneririm... sonra o aptal kavunu alıp gidebilirsiniz."

Uzaklaşır ve odadan çıkar.

İkisi de fark ediyor ki belki...

Kalpleri bin tane attı.

Sonia yüksek sesle okur:

"SANSASYONEL: Fantastic Girl, dünya atletizminin vaadine dönüşüyor Monica G. atletik yetenekleri ve güzelliği nedeniyle herkes tarafından neredeyse bir uzaylı olarak görülüyor. Ama yakalandığı gün bir şekilde kaçmayı başarıyor. Belki de onun yardımıyla. Gerçek şu ki, iki gardiyanı etkisiz hale getirdi ve kaçtı. Kimse onu bulamadı, eğitim için görünmedi. Polis zaten sınır alarmı verdi. Gerçek şu ki, herkes tarafından sevilen bir kahraman olmadan önce, sonra iki memuru öldürmek cinayetten suçludur ... "

Monica, Sonia'nın sözlerini duyar ve çaresizce ağlamaya başlar. Şimdi anlaşıldı. Çıplak, hareketsiz ve iki çılgın psikopatın insafına kalmış. Çaresizliğin gücüyle, ağlayarak doğal olmayan bir şekilde kayışları çekiyor ve sağ dirseğinin etrafındakileri kırmayı başarıyor.

Robert "acil durum" düğmesine basar ve ek kayışlar hemen mekanizmadan fırlayarak kobayın geri alınamaz bir şekilde hareketsiz kalmasını sağlar; şimdi kavunun altında çaresizlik gözyaşlarını görebilirsiniz.

Robert ve Sonia kobaya yaklaşır, vücudunda kalan azıcık yiyeceği peçeteyle yavaşça siler, dokunmaya duyarlı tüm bölgelerinde sadistçe kalırken, o çaresizlik içinde kıvranır.

Ağlayacak gücü kalmadığında kavun ve tüple ilgilenirler, yüzünü ve gözlerini açarlar.

Monica çoktan anladı ama onları suratından görmek bıçak gibi. Bu nasıl olabilir? Süper kahraman olma tuhaflığını asla affetmeyecek.

Sonia ve Robert onu kendinden geçmiş bir şekilde izliyorlar. Bir hayal gerçekleşir.

Monica, onun huzurunda savunmasızdı ama tüm gücüyle. Fiziksel gücünüz size bir fayda sağlamaz. Şimdi onlara ait.

Ele geçirilmiş olarak onu yüzünden, kulaklarından öpmeye, yenilenmiş bir arzuyla okşamaya başlarlar; Robert yüzle, göğüslerle ilgilenirken, Sonia gergin dili ve parmaklarıyla karın, uyluklar, kalçalar ve üreme organları üzerinde kayar.

Monica panik ve hayal kırıklığı içinde çığlık atmaya başlar, "acil durum" modundaki sıkı kayışlar hareket etmesini engeller, birkaç dakikadır terliyor ve fiziksel efordan değil.

"Bırak beni! Kahretsin, benden ne istiyorsun? Seni solucan, yıllarca birlikte çalıştık ... hayır ... hayır ... dur ... deneme, biliyorsun ... aaaaahhhhhhhh !"

Robert, onun nefes almasına izin vererek, sağ meme ucunu sıkıntıyla ısırır, zavallı kobay için acı verici bir şekilde yukarı çekerken, eliyle sol meme ucunu sıkar.

Sonia, Monica'nın onu yapmaya zorladığı "banyo" nun farkında olarak, en ufak bir kötülük belirtisi olmadan alt kısımla ilgilenir. Diliyle ısırır, çimdikler, araştırır.

Ağlayan Monica, derin bir nefes alır ve olası bir çıkış yolu düşünmeye çalışır.

Onun muhteşem göğsünün terden parıldadığını görüyor, işkencecilerinin arzularını, dillerini ve parmaklarının üzerinde gezindiğini hissediyor.

Garip bir duygu onu ele geçirdiğinde kendine hayret etmeye başlar; Kendilerini özgürleştirmeye yönelik beyhude çabalar gırtlaktan, neredeyse hayvani seslerle işaretlenir . Acil durum modundaki kayışlar, daha güvenli olmalarına rağmen, daha esnek oldukları için minimum hareket özgürlüğü sağlar; Bu şekilde Mónica, Robert ve Sonia'ya büyük teşekkürlerle, heybetli kaslarını öne çıkararak onları zorlama fırsatına sahip olur. Hiç şansı olmadığını biliyor ama bir hayvan gibi çekmeye devam ediyor, neredeyse... sanki o ikisinin onu o halde görmesinden hoşlanıyormuş gibi. Hayır, bu mümkün değil.

Hırlamaların eşlik ettiği sayısız gerizekalılığın ardından Sonia, kobayın uyarıldığına dair açık bir işaret fark eder.

"Hey Robert, gel de bu küçük kaltağı gör..."

Robert hücum bölgesine parmağını koyuyor.

"Ama bak, kimin aklına gelirdi ki"

Yanaklarındaki kızarıklığı saklamaya çalışan hareketsiz kalan kurbana gülümserler.

Umutsuzca bu düşünceden kurtulmaya çalışan Monica, çığlık atmaya başlar.

"Yardım edin... Hey, beni duyan var mı? İkinizin çok tuhaf fikirleri var, kahretsin, eğer bir gün kurtulursam, son birkaç sefer yaptığım gibi bir daha ayağa kalkmanıza izin vermeyeceğim."

Üye 231, değiştirilmiş on insanla odaya dalar.

"Arkadaşlar lütfen... bunun için bolca zamanımız var. Şimdi değiştirilmiş insanlar onu hücresine götürsün ve onunla birkaç kelime konuşmama izin verin... ne de olsa benim misafirimsiniz, sizi pis sürtük."

Meme ucuna ulaşmak için parmağınızı karnında gezdirin ve sıkın.

Monica kıvranıyor ve kadına gururlu, meydan okuyan bir bakış atıyor.

"Burada kimin yetkili olduğu ve kimin bana o şekilde bakmasına izin verilmemesi gerektiği konusunda seninle konuşmamız gerekiyor."

Şiddetli ama kontrollü olduğunu söylüyor.

Değiştirilmiş insanlar araba ile gider.

BEŞİNCİ BÖLÜM
MONICA'NIN BEDENİ - FANTASTIC GIRL

Yeni kobayın tanıtımı

Adada çok fazla heyecan var. Herkes yeni bir satın alma olduğunu biliyor. Oldukça yaygın bir olaydır, ancak bu sefer işler farklı görünüyor. Kısmen herkesin Monica G.'nin kim olduğunu, atletik becerisini, bir süper kahraman olarak yakalanma biçimini bildiği için; Yakalanma haberinin ardından herkes internette kadının spor malzemeleri veya sırıkla atlama yaptığı videolardan çekilmiş fotoğraflarını görmeye gitti. Her şeyden önce herkes neden herkes gibi kobaylar arasında yer almadığını merak ediyor. Bu, adada hafif bir hoşnutsuzluğa neden olur, bu nedenle üye 231, Robert ve Sonia'yı ofisine çağırır.

İkisi hala arzu nesnelerini ele geçirmenin şokunda.

Sonia söz alır.

"Bu ... üye 231, gerçekten ne söyleyeceğimizi bilmiyoruz ... teşekkür etmek küçük bir şey"

Kederli gözlerinde sevinç gözyaşları, alınan lütfa neredeyse inanamıyor.

Robert kendinden geçmiş, konuşamıyor.

Artık geçmişte onları küçük düşüren her kimseden intikam alabilir ve aynı zamanda bunu istedikleri gibi ve istedikleri zaman alabilirler.

İkisinin fantezileri çılgına dönüyor, her zaman istedikleri şeyle, olası işkenceyle, güç testleriyle, hatta onu küçük düşürmek için onu çıplak ve bağlı halde tutmayla yenileniyor.

Üye 231, ikisinin saçmalıklarını durdurur.

"Beyler, her şeyden önce bana teşekkür edecek bir şeyiniz yok. Burada Monica gibi bir örneğe sahip olmak, uzun zamandır beklediğimiz bir şeydi. Böyle bir fırsat onun 'aptallığıyla' bir süper kahraman olma fırsatı buldu . bizim için kolaylaştırdı. Bana hiçbir şey için teşekkür etmek zorunda olmamanın nedeni ... adadaki HERKES sizin niteliklerinizi takdir edebilecek olmasıdır, artı birçok test - bir kadının aşağıdaki özelliklere sahip olmasını gerektiren deneyler vardır: bu özellikler"

İkisi bunu hiç bu açıdan düşünmemişti ve bir parça öfke - kıskançlık onları hazırlıksız yakalar.

Biraz korkan Sonia araya girer.

"Ama... pekala... tüm saygımla, ama belirli testler için bu potansiyele sahip bir dişi... uh... kobay kullanmak israf gibi görünüyor..."

"Ah, ama alabileceği hasardan bahsediyorsun... biliyor musun? 'Yenileme makinesi'ni neredeyse bitirdin; peki, bunu hazırlıklarını hızlandırmak için bir teşvik olarak kabul et; hadi ama, yine de yapacaksın. al Robert, o kadar pahalısın. Altı kişiyiz, haftada birden fazla onunla 'oynayabilirsin', hatta belki meslektaşınla ".

Robert ve Sonia, ilk baştaki ezici coşkularından biraz ürperdiler, ancak içinde bulundukları durumun farkındalar.

"Şöyle diyelim, makineyi tamamlamak için iki gününüz var, yani... o zaman Monica, kırbaç aşığı Paul'ümüzün ellerinden geçmek zorunda kalacak; hatta benim ellerimle, çünkü o ve ben Bitmemiş iş."

Monica geceyi hücresinde geçirir. Fiziksel yorgunluk olmasaydı uyuyamazdım; nerede olduğuna, gelecekte onu neyin beklediğine dair kafasında çok fazla soru var. Bu insanların amacı nedir? Ona ne yapacaklar? Hayatta kalmak? Hem aşağılanma hem de fiziksel acı onu korkutuyor. Fiziksel düzeyde, acıya ve yorgunluğa katlanmakla ilgili hiçbir zaman bir sorunu olmadı . Ama çıplakken ve o ikisinin ellerine bağlıyken içini pek az dolduran o terk edilmişlik ve rahatlama duygusu neydi?

Yatağın vurulması onu uyandırır, üzerinde hafif bir takım elbise vardır.

"Uyan tatlım, asi kobayım."

Monica isyan etmenin zamanı olmadığını anlar ve 231 üyesine saygısızca bir şey söylemez.

"Ayakta".

O itaat eder.

Üye 231 normalde, bu noktada, modifiye edilmiş insanların içeri girmesini, ellerini ve ayaklarını hareketsiz hale getirmesini, ardından onu spor salonuna götürmesini, çalıştırmasını, formda tutmasını emretmelidir; Bugünlerde en önemli şey, potansiyelini ve ne amaçla kullanılabileceğini değerlendirmektir.

Normal prosedür, spor salonunda ve havuzda bir sabah çalıştıktan sonra, kobayın beslenmesini, birkaç saat dinlenmesine izin verilmesini ve ardından koşu, elektrostimülasyon, yüzme veya spesifik olabilecek belirli bir antrenman yapmasının istenmesini öngörür. iyileştirmeler. Ardından son bir duş, akşam yemeği ve en hoş örnekler için, kalışlarını "aydınlatmak" için adanın üyelerinden biriyle bir akşam. Açıkçası, tüm kobay eğitim seansları en az beş değiştirilmiş insan tarafından denetleniyor; Gine domuzları her zaman hareketsiz hale getirilir veya zarar veremeyecekleri yerlere yerleştirilir (yüksek kenarlı havuz, çitle çevrili ada yolu ve barların olduğu spor salonu gibi).

Üye 231, ancak, normal prosedürden geçmek yerine, baştan çıkmasına izin veriyor, akşamını bekleyecek sabrı yok.

"Dinle sürtük, silahlı askerlerimin seni sıkıştırmasını, seni incitmesini veya muhtemelen cezalandırmasını istemiyorum; bilmelisin ki, itaatini sağlamak için herhangi bir zamanda seni sersemletici silahlarla sersemletebiliriz, öyle ya da böyle; umarım bana itaat edecek kadar akıllısındır"

Sessizlik.

"Pekala, hemen koşmaya başla."

Bu istek karşısında biraz şaşıran Monica, "orospu" olarak anılmanın gururuna üzülse de koşmaya başlar.

Odanın zeminindeki tırıs hafif ve zorlanmadan.

"Pekala, dizlerini biraz yukarı kaldır"

öyle

Beş dakikalık hafif koşudan sonra Monica en ufak bir yorgunluk belirtisi hissetmiyor.

"Onları daha yükseğe kaldırın"

Monica yay gibi duruyor, en ufak bir sıkıntısı yok. Gücü zarafet ve esneklikle nasıl birleştirdiği etkileyici.

Bacaklarınız hareket halindeki vücudunuzla birdir.

Mükemmel bir bütün.

"Dur biraz nefes al"

Monica (ihtiyacı olmasa bile) nefesini tutma fırsatını kullanır.

Üye 231, kobayın yüzündeki bir damla terin farkına varmaz.

"Şınav Monica; şınav çekmeye başla; ayaklar bitişik ve vücut düz; ben sana söyleyene kadar durma"

Başlıyor.

Mükemmel.

Etkileyici bir tesis.

Beş dakika sonra, azalma belirtisi göstermiyor.

Üye 231 tuvalete gitmeli.

"Kaptan hala şınav çekip çekmediğinizi kontrol edecek; hemen döneceğim; ah, lütfen durma ve yavaşlamayın, aksi takdirde ... pekala, doğru yapacak acı verici bir şey bulacağız." uzak dur, kaltak."

Kadın uzaklaşırken, Monica egzersize devam ediyor. Şimdi, önceki gün kadına yanlış cevap verdiği için biraz pişmanlık duyuyor. Ancak içgüdülcrine göre hareket ettiğini ve gururunun bozulmadığını biliyor.

Üye 231 banyodan geri gelir ve kobayı izler. Hareketi her zaman düzenli ve pürüzsüzdür, ancak nefes almak zorlaşmaya başlar.

On beş dakika sonra, saniyede bir şınav hesaplayarak, neredeyse dokuz yüz şınav çekmiş olacaksınız.

Sayıları üç bin olan erkek kobaylar görmüştü; her durumda, bine ulaştıklarında hızları önemli ölçüde düştü. Monica ... şey, sadece biraz nefes nefese.

"Sizinle gözetimin ikiye katlanmasını istiyorum... ya da daha iyisi, üç katına; Kaptan, on tane daha gelsin; beşi silahlı olmak üzere on beş olmalı. Kahretsin... Seni terlerken görmek istiyorum, ben ' sabırsızım sen kalk biraz hararet"

Tamamlamak.

Monica kendini yorgun hissetmeye başlar, hem yorgunluktan hem de odadaki sıcaktan ter oluşur.

Bir noktada, kaçınılmaz olarak yavaşlamaya başlar.

Üye 231 elde edilen sonuçtan memnun.

"Pekala, tebrikler; ayağa kalk"

Derin bir nefes alan Monica ayağa kalkar.

Onun için bu bir eğitim gösterisiydi ama özellikle talepkar bir şey değildi; sadece sıcaklıktaki artış onu rahatsız etti.

Bu, beklediğiniz an.

"Kıyafetlerini çıkar".

İsteksizce yapar. Takım elbisenin üstü ile dışarı.

"Tamamen; seni tamamen çıplak istiyorum"

Tamamlamak.

"Bacaklar ayrık ve eller başın üstünde."

Bu vizyon daha önce onun tarafından hiç görülmedi. Yine de tüm bu yıllar boyunca pek çok atlet, birkaç siyah görmüştü; ter güzel şekillerini parlatır.

Mónica, hücrenin içinden, boyun eğmeyen mizacına tanıklık eden gururlu bir bakışı korurken, anında misillemeden kaçınmak için emredilen şeyi yapıyor.

Kadının bir işareti üzerine, modifiye edilmiş on insan hücreye girer ve onu (kadın tarafından emredildiği gibi) çift kayışlarla hücrenin tavanından çıkan kancalı bir çubuğa sabitler, diğer beşi güvenli bir mesafede sersemleterek sabitler. silahlar işaret edildi.

Bilekleri tavana sabitlendiğinde, Monica'nın bacakları hala serbesttir ve en az beş veya altı tanesini yere serebileceğini bilir; ama başkalarıyla ve özellikle silahlı adamlarla nasıl başa çıkılır? Böylece ayak bileklerinizin yere bağlı olmasını da sağlar. O şimdi ayakta X-tied.

"Biraz yukarı çek."

Kaptan barı uzaktan kumanda ile tavana yaklaştırarak çalıştırır. Monica'nın ayakları yerden on beş santim yükseldiğinde ve hareketleri belirli bir sallanmayla sınırlandığında, mekanizma durur.

Üye 231 hayranlık içindedir.

Zincirler içinde yavaşça Monica'ya yaklaşır ve onu koklar.

Terinizin kokusu hoştur. Göğüsler efordan sonra güzel bir pembe renge sahip olur; göğüs, kadının tüm hayvani kadınlığını göstererek yükselir ve alçalır.

Koltuk altlarında dil. Kadını memnun etmemek için hareketsiz kalmaya çalışan Monica, 231. üyenin takdirine göre kontrolsüz bir şekilde sarsıldı ve kayışları çekiştirdi.

"Mmmm, gıdıklanmış olman mümkün mü? Bakarız, belki başka bir gün bakarız. Şimdi bizi rahat bırak."

Değiştirilmiş insanlar geri çekilir. Monica, kadının ondan ne istediğini merak eder. Şimdi bir bandajla kaplı olan dudağını incitmemesi gerektiğini biliyor. İçgüdüsel bir hareket yapar ve kayışları çekmeye başlar, ancak kayışlar kısmen esnektir ve çabasını zarar görmeden ve boyun eğmeden emer. Ardından, kollarını ve bacaklarını daha fazla kaldıraç sağlayacak kadar bükerek inatla çabasını yeniliyor.

"Hey çocuklar, bir dakikalığına buraya gelin! Çabuk"

Mod insanlar harika bir koşu ile geri döndüler.

"Daha fazla kayış takmanı istiyorum; onları asla koparamayacak olsan bile, aşırı derecede güvende olsan iyi olur, sürtük."

Monica üzgün ama tavrını koruyor ve hiçbir reddetme göstermiyor. Gerçekten de kurtulmak imkansızdı ama kadın bir önceki tekmeden sonra ondan çok korkuyor.

Artık eskisinden daha da sıkı, ekstra askılar size çok az hareket olanağı sağlıyor.

"Artık gidebilirsin"

Şimdi yalnızlar.

Üye 231, beş dakika boyunca Monica'ya bakar ve hareketsiz kalır. Monica hiçbir şey söylemiyor ve duygularını açığa vurmuyor.

"Pekala, iyi huylusun, köpek."

Monica gururlu bir bakış atıyor ve kadının bakışlarından kaçınıyor.

Nefes almak artık daha sakin.

"Konuşmuyorsun. Öte yandan ne demelisin? Kaltaklar konuşmaz. En azından dudağını kestiğim için özür dileyebilirsin, sana nezaket öğretmediler mi?"

Sessizlik.

Kadının kaslı karnına dokunuşuyla Monica sıçradı.

"Ah, ama işte buradasın. Dinle arsız, birkaç gün sonra bütün gece sana sahip olacağım. Nereden geldiğini bilmiyorum, nasıl aynı anda hem bu kadar güzel hem de güçlü olabiliyorsun? Bazen ben Bu gezegende böyle birinin olamayacağını düşündüm. Ah, ama merak etme. Sana acı çektireceğim. Fiziksel olarak. Sonra da seni affetmem için bana yalvaracaksın. "

Karnı göbek çevresinde kemirin, göğüsleri ve meme uçlarını yalayın. Bir rüya gibi görünüyor. Sol meme ucunu ısırdı ve Monica acıdan çok gururla sarsıldı ve başını yana çevirdi.

"Yeryüzüne bakıp seni öpmem için bana yalvaracaksın, benim senin dünyadaki tek Tanrıçan olduğumu söyleyeceksin."

Göğüs ucunu sertçe ısırır, Monica ağlamasını bastırır ama bir "nnnggghhhh!" ondan kaçar.

"Bugün için sorun yok ama burada bitmiyor... Yakında tekrar görüşeceğiz; biliyorsun, dünya tarafından unutulmuş bu adada komuta bende."

Monica, "ada" kelimesini duyunca bir an paniğe kapılır. Bir adadaysanız, kaçma şansınız neredeyse sıfırdır.

Şimdilik kadına yenik düşmediği için gurur duyuyor.

Değiştirilmiş insanlar günlük rutinlerine geri döner ve gün sorunsuz geçer.

Sonia ve Robert rejeneratif makine üzerinde titizlikle çalışıyorlar.

Uygulamada, içinde beş dakika oturan herkesin her türlü yara, hastalık ve sakatlıktan iyileşebileceği dev bir yumurtadır. Normal yaşlanmaya karşı hiçbir şey yapamaz, ancak teoride her gün takmak hayatınızı büyük ölçüde uzatabilir.

Gine domuzlarını küçük kesiklere, yanıklara, sıyrıklara maruz bıraktıktan sonra birkaç denemeden sonra, Sonia ve Robert daha da ileri giderek kobayları ciddi travmalara, burkulmalara, kısmi sakatlıklara maruz bıraktı ve ardından onları şaşırtıcı sonuçlarla iyileştirdi. Şimdi makinenin güvenilirliğini ve verimliliğini artırmak için testleri tamamlıyorlar.

Robert bunu kendi üzerinde test ediyor. Yaralı veya hasta olmasa bile iki dakika kullanır. Dışarı çıktığınızda, günlerce süren bir uykudan yeni uyanmışsınız gibi , yepyeni, duruşunuz daha dik, vücudunuz daha formda. Bunun onun üzerinde nasıl bir etkisi olabileceğini merak ediyor. Sonia da ona sorar.

Özel toplantı.

Sonia, Robert, Julia, Samantha ve Paul ile toplantı odası.

Üye 231 girer, diğerleri saygı göstergesi olarak ayağa kalkar.

"Günaydın sevgili meslektaşlarım. Bugün size uzun zamandır beklenen Monica'yı tanıtıyorum. Kadın erkek herkeste çok fazla merak var. Aramızda itiraf etmeliyim ki onu çıplak görünce heteroseksüelliğim çok sarsılıyor. Hey, şu kayda bak: yakalandıktan sonra onu gördüm ve yüzü kadar fiziğinden de etkilendim, bu yüzden jimnastik becerilerini test ettim - ona boş bir kaçma umudu vermek için mücadele ediyor. Sana sadece söyleyebilirim silahsız olduğunu (çıplak olmanın yanı sıra, onu soyunmadan edemedim) zincir ve coplarla silahlanmış on değiştirilmiş insana karşı ... pekala, bak ":

Dövüşün filmi, saldırı anında çevrelenmiş olarak görüldüğü ilk anlardan, ardından aldığı darbelere, sanki hiçbir şeymiş gibi ayağa kalkan kadının, anlık zaferine kadar ilerliyor. Sahneden sonra video, ağ sayesinde zorlanmadan onu yakalayan diğer yirmi kişinin ve bariz sayısal üstünlüğün girişiyle devam ediyor. Üye 231'in dövüş sahnesine genel bir şaşkınlık "Oohhh" eşlik ediyor. Sonra kayışlarla karyolaya bağlandı. Videonun sonunda, bazı durağan görüntüler, onun muhteşem formlarının yanı sıra neredeyse doğal olmayan bazı akrobatik hareketlerini öne çıkarıyor.

Heteroseksüel olduğu bilinen Julia ve Samantha, endişeyle birbirlerine bakarlar.

"Üye 231, haklısın; meslektaşım Samantha'yı tanımıyorum ama böyle bir örneği görünce kolayca taraf değiştirebiliyorum; hey, bak ona vurduklarında çılgınca bir hareketi var; hayvani ama hoş; güçlü ama dolambaçlı, hızlı neredeyse insanlık dışı infaz... mmm ... kim bilir ona daha ne kadar çok şey denetebiliriz. "

Üye 231 müdahale eder.

"Eh, daha fazla evrak işi olmadan, işte orijinal."

Değiştirilmiş insanlar bir kafes taşırlar. İçeride Monica mor bir mayo giyiyor. Bilek, ayak bileklerinden zincirli ve kafesin tepesine takılmış bir tasma ile hareket etme olasılığı çok az. Bandajlı ve ağzında refrakterli.

"Onun ağzını tıkadım, asi biri, sevgili arkadaşlarımı gücendirmesini istemiyorum. Beni çoktan gücendirdi ama ben duyarlı değilim... Şey, ayrıca onu neyin beklediğini bildiğim için."

Monica, birkaç kişi tarafından izlendiğini fark eder, ancak kayıtsız numarası yapar.

Paul elektrikli bir iğne alır ve sağ kalçasına yumruk atarak kobayın geri çekilmeye başlarken nefesinin kesilmesine neden olur. Zincirler, kalın ve güvenli olmasına rağmen, karnı kafesin önüne yaklaştırarak hareket özgürlüğü sağlar; ama orada Sonia onu bekler, o da bir iğneyle karnına vurarak geri çekilmesini sağlar.

Diğerleri oyuna katılır ve Monica için durum en hafif tabirle "acil" hale gelir. Sırayla, kafesin her iki tarafından, bazen kısa aralıklarla, bazen sadist duraklamalarla, tek kelime etmeden onunla dalga geçerler.

İğneler, özellikle onun gibi sağlam ve sağlıklı bir tür için özellikle acı verici değildir, ancak çok can sıkıcıdırlar ve her şeyden önce vücudun kontrolsüz hareketlerine neden olarak işkencecilere güzel bir manzara sunarlar.

Tek parça mayo, kişiliğinize biraz renk katar, ancak sadist izleyicilerin hayal gücüne çok az yer bırakır. Samantha, hareket ederken vücudunun nasıl çok şehvetli kas dinamikleri yarattığını, fotoğrafta fark edilemeyecek şeyleri takdir ediyor.

Birkaç dakika sonra Monica sinirlenmeye ve vahşi bir öfke gibi kıvranmaya başlar, ona işkence eden kişiyi tatmin etmemek için duygularını ve hayal kırıklıklarını kontrol altına almayı teklif ettiğini unutur.

Paul, birkaç saniye boyunca uzun süreli bir hareketle uyluğun iç kısmındaki iğneyi sadist bir şekilde harekete geçirir ve ısırık tarafından bastırılan bir homurdanma elde eder. Birbirine değen zincirlerin sesi ve o canlı sanat eserini sarmalarının görüntüsü, sadist işkenceciler için bir nimettir.

Monica bitkin. Öfkesi hüsrana dönüşür ve gözyaşlarını tutamaz. Buna rağmen, iğneler amansız bir şekilde ona tekrar tekrar dokunuyor. Şimdi göğsü kontrolden çıkarak inip kalkıyor.

"Durmak."

Üye 231, kobayın meslektaşlarının oturduğu masanın ortasına getirilmesini emreder.

"Sevgili meslektaşlarım, işte ilk haftaların programı: Monica her sabah antrenman yapacak, prosedüre göre formunu koruyacak; Öğleden sonra özellikle ilk hafta her türlü testi yapacağız; geceleri, şimdiden herkesin ona sahip olmak istediğini hayal ederken, ilk sıra bizim olacak ... oyuncağım olmak, değil mi kaltak? "

İğnesiyle tekrar onunla alay ediyor. Monica, özellikle "oyuncak" kelimesine, ne bekleyeceğini bilemeden bir "nnngggghhhhh" öfkesi yayar ve zincirleri çekmeye başlar. Biraz terli olan vücudu daha da hayvansı görünüyor.

"Bir takvim hazırlamamız gerekecek ... ah, ben, Robert, Sonia ve Paul'ün, siz ikinizin, Julia ve Samantha'nın istediğini varsayarsak? Ne düşünüyorsunuz? İsterseniz çocuklarla da devam edebilirsiniz, kimse yok." seni zorlar"

"Bak, Üye 231, daha önce de söylediğim gibi... Bunu kesin olarak söyleyebilirim ki, ilk defa kadın bedeniyle ilgileneceğiz; bu sahip olduğumuz diğer tüm kobayları geride bırakıyor."

Bunu söyleyen Samantha, parmağını göbeğinden prangalanmış köpeğin koltuk altına kaydırarak başka bir kontrolsüz tepki vermesine ve boğulmuş bir "nnggrrrrr" yapmasına neden olur.

"Havlayan orospu ısırmaz, vücuduna bak, vahşi gibi görünüyor"

Üye 231 devam ediyor.

"Pazartesi Julia ve Samantha, Salı Paul, Çarşamba dinlenme (Paul'den sonra hala böbürlenip övünmediğini görmek isterim), 1. Perşembe, Cuma Robert, Cumartesi Sonia, Pazar dinlenme. Bence ilk hafta böyle olabilir. Bugün size fiziksel yeteneklerinizi test edeceğiz, değil mi köpek? "

Dokun, arkadan kalçalarına dokun ve bunun sonucunda Monica'nın başlamasıyla.

Egzersiz rutini

"nnggghhhh"

Değiştirilmiş insanlar ağzını açarken Monica'nın nefesi kesilir.

Şimdi dışarıda; ilk kez gerçekten bir adada olduğunun farkına varır; Monica'nın etrafındaki denizin görüntüsü umutsuz bir başlangıç yapar.

Ama şimdi neler olduğunu öğrenmelisin.

Onun gibi giyinen başkaları da var, hatta farklı renklerde mayolar, bikinili kadınlar ya da onun gibi tek parça mayo, külotlu erkekler. Fiziksel olarak güçlü insanlar, çeşitli sporcular gibi görünüyorlar. Açık bir kafese benzeyen bir koridor olan silahlı değiştirilmiş insanlarla çevrililer. Monica bulunduğu yerden koridorun - kafesin göz alabildiğine devam ettiğini görebiliyor.

Çok uzak olmayan bir yerde, çıplak bir adam açık havada yavaşça dönen bir mekanizmaya X-bağlı ve onu tamamen güneşe maruz bırakıyor. Monica çıldırır ve ona yapabileceklerini düşündükçe kanı donar.

Üye 231, iki aptal ve diğerleriyle birlikte kafesin dışında belirir.

"Günaydın kobaylar."

"Merhaba Üye 231"

Gine domuzları korkmuş bir şekilde koro halinde yanıt verir, Monica dışlanır.

"Merhaba demeyi öğretmediler mi kaltak?"

Monica gururlu bir bakışla hareketsiz duruyor.

"Buradaki gücünün sana yardım etmeyeceğini biliyorsun, değil mi?"

Başını sallıyor ve modifiye edilmiş sekiz insan, silahlarını doğrultmuş halde kafesin içinde ona yaklaşıyor.

Monica, zorla güneşte tutulan talihsiz adama bakar ve gururdan vazgeçer.

"Günaydın Üye 231"

"Ama hey, görgü kurallarını öğreniyoruz; göründüğün kadar aptal değilsin, kaltak..."

Monica içgüdüsel olarak çite doğru koşmak, tırmanmak ve tekrar vurmak için el yordamıyla hareket ediyor, ancak bir hareket ima eder etmez, değiştirilmiş insanlar yolunu kesiyor ve silahlarını ona doğrultuyor.

Üye 231 sırıtıyor.

"Kurallara aşina olmayanlar için - Monica'ya göz kırpalım - beş erkek ve beş kadın artı yeni bitirmiş on kişi daha var ama ne kadar süredir yaptıkları hakkında hiçbir fikirleri yok... üç kilometrelik tur . Rastgele başlayacağız, süre tutulacak. Her turda en yavaş erkek ve kadın duracak ve son sınıflandırılmış sayılacaklar. Geri kalanlar için yine aynı, her üç kilometrede bir eleme Sınıflandırma, eleme sırasına göre yapılır ve sonra zamana göre Son üçünün kullanılacağını söylemeye gerek yok

... yedinciden dördüncüye kadar tatsız deneyler için ... yapacak bir şey yok, ikinci ve üçüncü gün izinli ve birincisi .. . bütün bir hafta izinli "

Monica, diğer "rakipler"deki gerilimi hissediyor. Ayrılmak dördüncü.

Hangi stratejiyi benimseyeceğinizi bilmiyorsunuz; herkesin bir atlet olduğunu anlamış gibiydi; Bazıları daha iri fiziğe sahip olan kadınlarla kısa yarışlar için rekabet etmek zorunda; bunlarda uzun mesafelere hakim olabilir ama ilk üç kilometrede elenmekten korkar. Bu yüzden çok fazla hesaplama yapmadan harika bir kariyerin parçası olmaya odaklanıyor.

Daha ilk kilometrede Monica, peşinden gelen adamın yetiştiğini fark eder. Kadınlarla rekabet ettiği için bu sorun olmamalı ama ilk kez bir erkek onu takip ediyor ve ondan daha hızlı gidiyor; belki diğer mahkumlar atletizm dünyasından "alınmıştır"; Ayrıca, her gün bakımlarının yapılma ve eğitilme biçimleri performanslarını artırabilir. Bu nedenle, sözde "deneylerden" biraz korkmuş ve korkmuş bir şekilde hızlanmaya başlar. Adam artık ona yaklaşmıyor ve sabit bir mesafeyi koruyor. Ada turunun sonunda neredeyse ulaştığı bir adam figürü görür. Bitiş çizgisine vardıklarında, değiştirilmiş insanlar hazırlanır ve diğerleri zamanlayıcılar ve bilgisayarlarla birliktedir. Bitiş çizgisinden sonra, değiştirilmiş insanlar sivri uçlu silahlarıyla onu durdurur; önündeki adamı hareketsiz hale getirirler ve onu yoldan çekerler; ona korkmuş ve ağlıyormuş gibi geliyor. Açıkça elenen ilk kişi o ve kesinlikle sonuncu ya da sondan bir önceki kişi olarak ne bekleyeceğini biliyor. Artık sonuncu olmayacağını düşünen Monica, mesafe yarışına hazırlanmak için daha sakin bir hızla son metreleri atıyor.

Gerçek anı: golü geçersiniz... belirli bir hareket görmezsiniz, devam edebilirsiniz. Artık oyunun acımasızlığını anlıyorsunuz: referans olmadan ve her zaman elinizden gelenin en iyisini yapmak zorunda olmak. Turun sonunda yapılan koşuşturma onu biraz yordu ama geçmişte yaptığı tüm antrenmanları düşünerek ve sonuçta kendisinin Monica G olduğunu düşünerek gücünü ve bilincini yeniden kazanıyor.

temposunu artırmaya başlar. İkinci turdan sonra hala yarışta ve bu, başına gelebileceklerden kaçtığı korkusuyla onu teselli ediyor; Ayrıca, ona ulaşan adam artık ona yaklaşmıyor, bu iyiye işaret. Artık en az bir günlük özgürlük kazanabilme fikrine yaklaşıyor.

Zavallı saf, Monica zamana karşı bölgede neler olduğunun farkında değil. Üye 231, zamanlama verilerini diğerleriyle birlikte şaşkınlıkla izliyor: Diğer kobaylarla aynı çizgide bir ilk turun ardından , Monica ikinci turda en hızlısıydı, hatta erkeklerin önünde; Üçüncü turda süreleri artırmak yerine düşüren tek tur; hızı herkes tarafından takdir ediliyor: onu en ufak bir yorgunluğa neden olmayan mükemmel bir kariyer; ancak ilk altı kilometreden sonra, zaten muhteşem ve ince hatlarını süsleyen muhteşem vücudundaki terleri görmeye başlıyorsunuz. Üye 231 meslektaşlarına sesleniyor:

"Gördüğünüz gibi, en azından yarışta onun hakkında söylenenler doğru görünüyor; tüm parametrelerin ötesinde bir örnek olduğu için, aynı gün iki yarışı yasaklayan prosedürlere rağmen havuzda yarışacak." ; burada çok yorulmadan kolayca kazanabilirdi, ama onu dördüncü bitirdiğine inandıracağız ... ona bir gün izin vermenin hiçbir yolu yok, denemek için gerçekten sabırsızlanıyorum. "

Dördüncü turda, Monica yorgunluğun ilk belirtilerini hissediyor, ancak yarışı iyi gidiyor ve hak ettiği dinlenmeyi kazanma olasılığını görüyor.

Ancak dördüncü turda onu biraz şaşkınlıkla durdururlar: Acaba birisi daha hızlı olmuş olabilir mi?

"Pekala kaltak, çünkü ilk gün fena değil. Bir kıl kadar üçüncü bitirmedin ... sabır, başka bir zaman olacak"

Onu hareketsiz hale getiriyorlar ve gözaltı merkezindeki hücresine götürüyorlar. İsteğe bağlı olarak su ve bazı gıda takviyeleri.

On beş dakikalık tam bir dinlenmenin ardından, Robert ve Sonia hücreye tek başlarına yaklaşırlar.

"Merhaba Monika"

Robert başlıyor.

Sonia, tek parça mayosuyla onu selamlamadan baştan ayağa vücudu gözlemliyor.

"Dikkatli ol kaltak"

Robert gülümsüyor.

Monica, aşırı hızda on millik yol kat etmesine rağmen hala biraz enerjisi var. Tüm gücüyle kendini camın üzerine atıyor, iki eski takım arkadaşına tekmeler ve yumruklar, çığlıklar ve hamleler yapıyor.

"Kahretsin! Benden ne istiyorsun? Beni asla ele geçiremeyecekler ama önce kendimi öldüreceğim! Anlıyor musun seni doğa canavarı? Ve seni psikopat? Bana asla sahip olamayacaksın!"

Yanıt olarak Sonia, hücrenin ikiye bölünmesi ve duştan akan su ile sıcaklığı yükselten düğmeyi çevirir.

Monica terlemeye başlar, birkaç dakika sonra sıcaklık dayanılmaz hale gelir.

Sonia korkmuş Robert'a döner:

"Endişelenme, hayatı intihar edemeyecek kadar çok seviyor, bir şey kızgın bir canavarın söylediği sözler, bir şey ciddi bir şekilde öldürülmek... biliyorsun, onu tanıyorum... eh, oldukça yakından."

Monica, sıcaklığın tekrar yükseldiğini hissettiğinde, kendisininkinin kaybedilmiş bir savaş olduğunu anlar.

"Tamam bu kadar yeter ne istersen yaparım sen söyle nasıl bitireceğim"

"Dikkat et kanka"

Monica, gözlerinde yaşlarla yapar.

Sonia bir düğmeye basıyor, ısıyı azaltıyor, ızgarayı kaldırıyor ve Monica suya yöneliyor.

"Yüksek"

"Ama senin istediğini nasıl yapmadım?"

"Henüz değil sürtük; bir sonraki yarış için değiştirmelisin; mayonu çıkar."

Monica isteksizce yapar.

"Mayonuzu yuvaya koyun. Güzel. Şimdi bize dönün, diz çökün ve ellerinizi başınızın üzerine koyun."

Robert ve Sonia camdan diz çökmüş tutsaklarına bakıyorlar.

Robert araya girdi, o ana kadar oyunun dizginlerini Sonia'ya bırakarak kenarda kaldı.

"Ayakta durmanı tercih ederim ... kaltak"

Monica kızarır; O ana kadar, Robert arkadaşça görünmüştü.

Robert, sadist bir gülümsemeyi bastıramazsın. Eski aşkına karşı çekingenliğini üzerinden atıyor. Şimdi çıplak, ayakta ve onun insafına kalmış. Kaslarını her santiminde görebilirsin, göğsü zonkluyor. Gine domuzunun fiziksel gücü, adanın kısıtlama sistemlerine karşı işe yaramaz, onunla ikisi arasındaki zıtlık, çıplaklığı ve onlara boyuna hakim olması gerçeğiyle daha da vurgulanır.

"Pekala, pekala, yakında vücudunu inceleyebileceğiz ve acele etmeden, şimdi arkanı dön, bize sağlam kıçını göster"

Şaşıran Monica tüm heybetiyle arkasını döner. Arkadan bakıldığında uzun bacakların, kalçaların ve sırtın sıkılığını vurgular. Arkadan görülen kol kasları canlı bir heykeldir ve ok gibi hareket eder.

"Bacaklarını aç ve öne doğru eğil, şimdi kollarını yere yasla"

Monica, elinde toprak gibi soğuk bir nesne hissettiğinde kızardığını hissediyor.

Eğildiği an, her ikisinin de tüm mahremiyetleri içinde görüntüsüne karşı kendini savunmasız hissediyor. Kalçalar arasında bol göğüsler göze çarpıyor, alışılmadık bir esneklik sayesinde bacaklar düz. İkili, yakında tamamen kullanılabilir olacağı bilgisine sahip.

Monica bu pozisyonda yoğun fiziksel aktivite ve yorgunluktan sonra midesinden tuhaf bir sıcaklık geldiğini hisseder; garip bir zevk duygusu onu ele geçirir.

"Bu nasıl mümkün olaiblir?"

İkisi de merak ediyor.

Sonia ve Robert biraz şaşırmış bir şekilde birbirlerine bakıyorlar, neredeyse birbirlerinin aklını okuyorlar, olası bir hoşlanma şüphesiyle kapana kısılmış durumdalar.

Sonia müdahale eder

"Pekala, gidip serinleyebilirsiniz."

Monica, rahatlamış hissetmek yerine görevden ayrılma konusunda neredeyse isteksizdir, ancak bu fikri çabucak reddeder ve serinlemek için su akışına yönelir.

Fantastic Girl

Bir sonraki test, temiz hava sayesinde oldukça belirgin olan göğüslerini ve meme uçlarını vurgulamak için kasıtlı olarak sıkı, kırmızı üst ve mavi külot ile bir bikini içinde yapılır.

Herhangi bir kaçış girişimini önlemek için iki metre yüksekliğinde bir havuzun içindedir. Bir önceki yarışta olduğu gibi erkekler ve kadınlar var, kurallar aynı, turlar bir parametre olarak ele alındı.

On turdan sonra birincisi elenir. Geçirmek üzere olduğu deneylerin olasılığından korkan bir kadın, havuzdan çıkar çıkmaz kaçmaya çalışmak gibi sağlıksız bir fikre kapılır. Fiziksel olarak çok güçlü olduğu için, garip silahlar karşısında sersemlemeden önce, bileklerindeki kelepçelere rağmen değiştirilmiş altı insanı yenmeyi başarır.

Monica çok uzun süre durmaz ve az önce yaptığı on millik koşuya rağmen elinden gelenin en iyisini yapmaya çalışır. Yüzmek en iyi yaptığı şeylerden biri.

Üye 231, programları her zamanki gibi gözlemliyor ve yarışta zaten belirgin olan aynı eğilimi fark ediyor: Kız, zaman geçtikçe gelişiyor gibi görünüyor. Burada da sessiz starttan sonra erkeklerden bile hızlı olmaya başlıyor. Ve burada bile, onu podyumun en üst basamağında görme olasılığına rağmen, beşincisini "almaya" karar verildi, hatta ilk yarıştan sonra erkeklerden bile daha iyi.

Monica burada bile biraz şaşırdı ama şimdilik son üç sırada bitirmediği için memnun.

Ancak önceki yüzücünün girişimini gördükten sonra kaçma fikri aklına geldi.

Havuzun yanında bir helikopter yeri olduğunu fark etti ve belki ...

Bu fikir onu cesaretlendiriyor ve yüzücülerle yapılacak hattan yararlanarak ve onlar onu tekrar zincirlemeden önce, Üye ile gece onu bekleyenlerden önce bulduğunu düşündüğü son fırsatı değerlendirecek. 231, helikoptere gitmeyi denemek için.

Etrafını saran iki değiştirilmiş insanı yere serer ve kadının hızlı tepkisine şaşıran Üye 231'e doğru bir ok gibi gider.

Şu anda yeniden Fantastic Girl oluyor.

Yerden aldığı bir direği fırsat bilip onun yardımıyla yere diker ve inanılmaz bir sıçrayışla Üye 231'in yakaladığı nöbetçilerin üzerinden ilk sürpriz tepkinin ardından geçer ve yanına iner. yüzüne yeni bir tekme atarak ve onu hareketsiz kılarak.

"Biri bana nasıl yaklaşırsa onu burada öldürürüm, kahretsin!

Üye 231, değiştirilmiş insanlara uzak durmaları için işaret ediyor.

"Şimdi ne yapacaksın, sürtük? Senden hoşlanmaya başlamıştım ama bundan sonra tahmin edemeyeceğin kadar çok acı çekeceksin kaltak."

"Kapa çeneni lanet yoksa hemen boynunu kırarım, hadi sessizce helikoptere gidelim ..."

Üye 231, onu rehin alarak planının işe yarama ihtimalinin gerçek olduğunu ve iki zorlu testten sonra bile ne kadar güçlü olduğunu fark eder....

O yüzden dikkatini dağıtmaya çalış...

"Bak... Sonia ve Robert var, onlara bir şey söylemek istemiyor musun?

Monica bir an Üye 231'in işaret ettiği yere bakar ve bu fırsatı kullanarak kaçmaya çalışır, ancak onu öyle bir tutar ki Monica manevrayı hemen fark eder ve karnına yumruk atar.

"Bir daha beni kandırmak istediğinde seni öldürürüm kaltak. Helikopter pilotu nerede? Gelip hazırlaması için onu arayın "

Üye 231 kendisine söyleneni yapar ve birkaç dakika içinde askeri kıyafetler giymiş bir kişi helikopterin yanında belirir ve onu çalıştırmak için içeri girer.

Sonia ve Robert, deşifre edilmesi zor yüzlerle zaten yanlarındalar, ancak kafaları karışmış görünüyor.

"Üye 231 burada neler oluyor?"

Monica onlara öyle bir nefretle bakar ki irkilirler ama yeterli değil...

Üye 231'in tek koluyla desteklenmesine rağmen, Monica onlara doğru ölümcül bir bacak fırlatır ve Sonia'nın doğrudan boynuna vurur. Bu düşme yere çarptı, olay yerinde öldü.

Robert, arkadaşının düşerek öldüğünü görünce şaşkınlık ve dehşet içinde felç oldu ve Monica'nın bu sefer cinsel organlarına o kadar insanüstü bir güçle bir tekme daha atmasına izin verdi ki, Robert insanlık dışı bir acı çığlığı attı ve ona ovuşturdu. zemin.

"Bu, yumurtalarının sonsuza dek çalışmasını durdurmak için, seni kahrolası sadist"

Ve hızlı bir hareketle, içeri ittiği Üye 231'in arkasında, halihazırda hareket halinde olan helikoptere biniyor.

"Pekala, ne istediğimi hayal edebilirsin, o yüzden sipariş ver!"

"Pilot, anakaraya gidelim"

Helikopter yükselmeye başlar ve Monica tekrar nefes alır, uzun süredir nefesini tuttuğunu fark eder ve o cehennemden çıkmak üzere olduğunu görmeye başlar.

Helikopter adadan birkaç mil uzakta denizin üzerindeyken, Fantastic Girl Monica, Üye 231'e döner...

"Sürtük, seninle tanışmak güzeldi ..."

Ve denize atar...

SOYUNMA OYUNU

Paul ve ben, arkadaşları tarafından verilen bir partiye gitmiştik.

Neredeyse kimseyi tanımıyordu ama hoş bir grup gibi görünüyorlardı.

Paul özür diledi ve yarış bittiğinden beri görmediği bazı takım arkadaşlarıyla konuşmaya başladı, ben de yalnız kaldım.

Kendime biraz sangria koydum ve sakince içmeye başladım, tanıdığım birini aradım.

Herkes biriyle konuşmakla meşguldü ve o hiçbir konuşmayı bölmek istemiyordu.

Aniden, odanın arkasındaki kapıdan birkaç kişinin sıvıştığını gördüm.

Çok geçmeden içeri üç kişi daha girdi.

Sonra bir tane daha.

Bu benim merakım için çok fazlaydı, ben de orada neler olup bittiğini görmeye karar verdim.

Kapıyı açtım ve büyük bir grup insanın odanın ortasına baktığını gördüm.

Neye baktıklarını görmek için parmak uçlarımda yükseldim ve elinde küçük kartlarla dolu bir kutuyla bir masanın üzerinde oturan yirmili yaşlarının başında bir çocuk gördüm.

İnsanlar durmadan güldüler ve bu benim merakımı daha da artırdı.

Öğrenmek için birine sormaya karar verdim.

Önümdeki bir kızın omzuna dokundum.

"Hey, pardon. Tüm bunlar nedir? Sesimi kahkahaları bastırmak için yükselterek sordum.

"Oynuyoruz" Cesaretiniz var mı? "Oynamak ister misin?" diye cevap verdi.

"Nasıl oynanacağını bilmiyorum" dedim.

"Önemli değil, şimdi sana açıklayacağım," diye haykırdı. Ne kadar kolay olduğunu göreceksin. Sıra size geldiğinde oyunun 'moderatörünün' yani masadaki çocuğun taşıdığı kutudan bir kart seçmelisiniz. Karşılamanız gereken kartta yazılı bir "meydan okuma" var. Uymamaya karar verirseniz, bir rehin ödemeniz gerekir. Bazı kıyafetlerini çıkarmalısın.

"Anlıyorum. O yüzden oradaki gömleksiz" dedim gülen bir adamı işaret ederek. "

"İşte bu" diye yanıtladı, "Bir süredir oynuyoruz. Buna ek olarak, daha önce taahhüt ödeyenler de var. O kız zaten donunu giymiş ve ayakkabılarımı çıkarmak zorunda kaldım."

Ayaklarına baktım ve doğruyu söylediğini gördüm.

Gülümsedim, teşekkür ettim ve odadan çıktım.

Gelip benimle oynamak isteyip istemediğini sormak için Paul'ü aradım.

"Yok canım" dedi, "İstersen bak üniversiteden birkaç arkadaşla konuşuyorum."

Tek başıma girdim.

Bana oyuna girmem için önce moderatöre söylemem gerektiğini söylediler.

Ben de öyle yaptım ve sıra bana geldiğinde bir kart çıkardım.

"Gözleri bağlıyken, karşı cinsten üç kişiyi öp ve sonra kimin kim olduğunu tahmin et."

Üç adam seçtiler ve gözlerimi bağladılar.

İlki, diliyle bademciklerime ulaşmak istiyor gibiydi.

İkincisi dilini daha az kullandı ama beni öperken neredeyse bir dakikayı kıçımı okşayarak geçirdi.

Üçüncüsü de dilini çok kullandı ve sadece kıçımı ovuşturmakla kalmadı, göğüslerimi de okşadı.

Yapmalarına izin verdim çünkü herhangi birini durdursaydım beni ortadan kaldıracaklardı.

Göz bağını çıkardım ve üçüne de vurdum, biri sakalı için, diğer ikisi boyu için.

Tekrar sıra bana geldiğinde sutyenli külotlu bir kadın ve külotlu bir adam vardı.

Yeni bir kart çıkardım.

"İç çamaşırını rengine uyana göstermelisin. Üç kişi test edebilir."

Ne kötü şans! Bir jartiyer ve ona uygun siyah bir külot giymişti.

Elbette birilerinin aklına bu rengi söylemek gelirdi.

Ama en kötüsü külot şeffaftı ve her şeyi onların içinden görebiliyordum.

Bordo külotu neden giymedim ki?

Üç adam daha seçtiler.

İlki hiçbir şey giymediğini söyledi.

Güldüm ve ona başarısız olduğunu söyledim.

İkincisi siyah olduğunu söyledi.

Bingo! Doğru anladın!

Ona arkasını dönmesini söyledim ve onu sadece onun görebilmesi için elbisemi kaldırdım.

Beni görünce minnetle ıslık çaldı.

Oyunun moderatörü, kaybettiğim için bazı kıyafetlerimi çıkarmam gerektiğini söyledi.

Şehvetli bir hareketle ellerimi eteğimin altına soktum, külotumu indirdim ve diğerlerinin çoktan çıkarmış olduğu diğer giysilerle birlikte askıya astım.

Bir sonraki vardiyada iki adam pantolonunu ve bir kadın sütyenini kaybetti ve iki kişi oyundan sadece on kişi kaldı.

, diğer insanlarla aynı sayıda test yapmadığımı hatırlattı ve beni diğerleriyle aynı seviyeye getirmek için fazladan iki test yaptırmamı önerdi.

İnsanlar protestolarımı görmezden geldiler ve arka arkaya fazladan iki test yapmam için hemen oy kullandılar.

İlk kartı çıkardım.

"Elbisenizin veya bluzunuzun düğmelerini açmadan sütyeninizi çıkarın."

Sütyenimin önü açıldığından sorunsuz bir şekilde açtım ve bir tarafımı kollarımın altından geçirdim.

Bu sırada herkes bana bakıyordu ve bazılarının benim için her şeyin şeffaf olduğunu söylediğini duydum.

Moderatör, oyunun kurallarından birinin tekrar herhangi bir giysi giymeyi yasakladığını söyledi.

Yeni bir kart çıkardım.

"Kamış oyunuyla aynı cinsiyetten üç kişi seçin. En az bir dakika süren Fransız öpücüğü."

Üç kibrit kırdım, birkaç kibritle karıştırdım ve her kadının bir tane seçebilmesi için etrafa dağıttım.

Bozulan üç kibritten birini alan kişi bir ödül alacaktı.

Joanna, yirmili yaşlarında, mükemmel kıvrımları olan ve benden biraz daha kısa olan kızıl saçlı bir kız, onlardan birini ilk çıkaran oldu.

Güldü ve o oyunda her zaman iyi olduğunu söyledi.

Beni dizlerinin üzerine oturttu ve moderatör bana öpücüğü yarıda kesersem mücadeleyi kaybedeceğimi hatırlattı.

Joanna büyük bir kararlılıkla beni öpmeye başladı ve kıyafetlerimin altında hiçbir şeyim olmadığını bildiği için önce göğüslerimi okşadı, sonra elini eteğimin altına kaydırdı ve kasığımın hemen üzerinde bırakarak klitorisimle oynadı.

Öpücüğe katlandım ama o tecrübeli eller klitorisimdeyken oturmaya devam edemedim.

Ustaca, ben dizlerinin üzerinde kıvranırken beni orgazma ulaştırdı.

Öpüşmeyi yarıda bıraktığımda grup alkışladı ve altı dakikanın geçtiğini gördüm.

Joanna elini bir anlığına zonklayan kedimde tuttu ve sonra ayağa kalktım.

Ancak, ben birkaç adım uzaklaşana kadar üzerine basmayı bırakmadı.

Nefesim hızlandı ve sıramın tekrar gelmesini beklemeye başladım.

Bir adam, kalın, sert bir horozu ortaya çıkaran boxer şortunu kaybetti.

İkinci bir kadın sutyenini kaybetti.

Artık sutyeni olmayan kadın eteğini kaybetmiş ve üzerinde hiçbir şey kalmamıştı.

Tekrar kaybederlerse ne olacağını merak ettim.

Paul odaya girmek için bu anı seçti.

Moderatör ona kalmak isteyip istemediğini sordu.

İki kadının göğüslerine baktı ve evet demekten çekinmedi.

Kalmak istiyorsa beş zorluğu kabul etmesi gerektiğini söylediler.

İlk kartını çıkardı.

"Gözleri bağlıyken, karşı cinsten üç kişiyi öp ve sonra kimin kim olduğunu tahmin et."

Ben ikinci, Joanna üçüncüydüm.

İlk kadının yaptığı gibi Paul'ü ovuşturdum, aletini pantolonunun içinden ovuşturdum.

Joanna daha iyisini yaptı, sinekliğini indirip içeri uzandı.

Paul bana vurmadı (bir numara olduğumu düşündü).

Muazzam bir ereksiyon halinde kendini kurtarmaya çalışırken, orada boxerıyla dururken beş giysiden dördünü kaybetti.

Moderatör, işlerin yeterince ileri gittiğini ve en güçlü kartları çekme zamanının geldiğini açıkladı.

İlkini aldım.

Gözlerimi bağladılar ve ellerime üç horoz verdiler.

Her birinin kime ait olduğunu tahmin etmesi gerekiyordu.

İnanılmaz bir şekilde Paul'ünkini diğerlerinden ayırt edemedim.

Odadaki herkes izlerken bluzumu çıkardım.

Bir önceki turdan zaten çıplak olan kadın meydan okumasını kaybetti ve tüm erkekler bir pipet çekti.

Moderatör kadına en az beş dakika daha kısa çöpü çekenin aletine oturması gerektiğini söyledi.

Çıplak kalsam cezamın aynı olup olmayacağını merak ederek, horozunu dikkatlice damlayan deliğine sokarken kazananın üstüne oturmasını izledim.

Moderatör zamanı saymaya başladı.

Hiçbir şeymiş gibi davranmaya çalıştı, sanki hareket etmeyerek bizi herkesin ortasında düzülmediğine ikna edecekti, ama adamın yaptığı yavaş hareketler, yaklaşık üç dakika sonra, onun içine girmeye başladı. tepki.

Moderatör sürenin dolduğunu söyleyip onu ayağa kaldırdığında konuya girmeye başlamıştı ki, ona bu kadar zevk veren horozun sahibine sımsıkı sarılarak bunu reddetti.

Joanna ve moderatör o dikleşmiş üyeyi aç amından çıkarmaya çalışırken hepimiz bu eğlenceli tepkiye güldük.

Zar zor başardılar.

Sıradaki bendim.

"Üç kadının göğüslerine bakın ve sonra gözleri bağlı olarak, sadece dilinizle dokunarak onları teşhis edin."

Joanna, diğer iki kadının yanı sıra hızla gönüllü oldu.

Göğüslerine baktım, boyutlarını ve özelliklerini ölçtüm ve sonra gözlerimi bağladılar.

Dilim sırayla memelerin her birini keşfediyordu.

Onları hevesle yalarsam, her birinin kim olduğunu öğrenmeme yardımcı olacak bir zevk sesi çıkaracaklarını düşündüm.

İkincisi, dişlerim meme ucuna değene kadar sessiz kaldı ve zevkle inlemesine engel olamadı.

Üçüncüsü ilk yalamada inledi.

Joanna'nın ilk olduğunu ve diğer ikisinin kim olduğunu düşündüğünü söyledim.

Doğru anladım.

Moderatör bir ceza çekmesi gerektiğini söylediğinde, meydan okumanın geçtiğine zaten inandım.

Onlardan birinde dişlerini kullandığını fark etmişti.

Bana eteğimi çıkarmamı söyledi.

Beni soymaya devam et diyecekti ama sıcak kırmızı ve siyah jartiyerimi görünce durdu.

Bana eteğimi çıkarmadan devam edebileceğimi ama bundan sonra zaten çıplak olan oyuncularla aynı cezaları çekmek zorunda kalacağımı söyledi.

Ceza kutusuna uzandı ve bir kart çıkardı.

Bana göstermedi ama kalan üç kadına okuttu.

Bana yaklaştılar, etrafımda yavaşça dolandılar ve beni yatağa taşıdılar.

Joanna üzerine oturdu ve diğer ikisi beni dizlerinin üstüne koydu.

Meme ucu ısırılan kadın, yüzüm amcığına yaslanacak şekilde kafama yakın konumlandı.

Hareket etmem için kollarımı tuttu.

Diğeri bacaklarımı tuttu ve amımla oynamaya başladı.

Ne kadar ıslanmış olduğunu gördün mü, Joanna? "dediğini duydum.

Bu sırada bir parmağıyla klitorisime dokunurken diğer parmağıyla içini keşfetmeye başladı.

İstemsizce kalçalarım Joanna'nın dizlerinin üzerinde kıvranmaya başladı.

Aniden, bana sert vurdu.

Cezayı kaçıracağımdan korktuğum için şikayet etmedim.

Bana birkaç kez daha vurdu ve sonunda durdu.

Kaç tane oldu? "Merak ediyorum.

"Bilmiyorum" dedim korkuyla.

"O zaman yeniden başlarız" dedi.

Benim am diğer kız tarafından araştırılırken Joanna beni sert bir şekilde kırbaçlamaya devam etti.

Bu sefer şaplakları saymaya baktım.

Yirmi yaşındayken durdu ve kollarımı tutan kadına baktı.

"Seni yalamaya başladı mı? O sordu.

" Cevaplamam.

"Yeniden başlayacağız" diye haykırdı Joanna.

Yüzümü hızla, senin de fark etmiş olabileceğin gibi, adını bile bilmeyen bir kadına ait o amcığa gömdüm.

Joanna bana gitgide daha sert vurmaya devam etti.

Sonunda durdu.

Bu sefer 23 kırbaç saymıştım ama bazılarını atlamış olmaktan korkmuştum.

"Kaç kişi oldular? Bana tekrar sordu.

"Yirmi beş" dedim emin olmak için.

"Hayır, daha iyisini yapman gerekecek" dedi Joanna, "Yeniden başlayacağız.

Halkın geri kalanı durmadan alkışladı ve tezahürat yaptı, ama ben değil, işkencecilerim.

Ayrıca Paul'ün Joanna'yı bana sergilediği gösteri için tebrik ettiğini duydum.

Tüm bu süre boyunca, amımla oynayan eller bir nebze olsun yavaşlamamıştı.

Zaten orgazm sayımı kaybetmiştim (en az beş olmuştu) ve amını yediğim kadının kafamı kaç kez tuttuğuna bakılırsa, en az üç tane olmuştu.

Joanna darbelerini bir kez daha durdurdu.

"Kaç tane oldular?" Merak ediyorum.

"Yirmi beş" dedim yeniden, yeni bir dayak için hazırlanıyordum.

"Doğru" dedi daha fazla uzatmadan.

Sonra kafamdaki kadına hitaben sordu:

"Virginia, seni tatmin etti mi?

"Şu anda evet" cevabını duydum "Yani penis büyütmezse..."

Ya sen, Julia? Amımı keşfeden kişiye sordu.

"Evet" diye cevapladı derin bir nefes alarak "Benim için sorun değil."

Ayağa kalkmaya başladım ama Joanna beni durdurdu ve yatırdı.

"Bitmiş olabilirler, ama ben yapmadım." Bizimle ne kadar eğlendin."

Kabul ettim.

Bana on kez vurması bir dakikadan fazla sürdü.

Sonra ayağa bile kalkmadan Virginia'nın amını öptüm ve ona teşekkür ettim.

Ayağa kalktım ve Julia'nın amını öptüm ve ona da teşekkür ederek Joanna'yı sona sakladım.

Ona adadığım kedi yeme, sonunda onun geldiğini hissedene kadar yaklaşık üç dakika sürdü.

Sonra ona da teşekkür ettim.

O böyle yapınca, ne demek istediğini anlamıştım.

Bu deneyim çok tatmin ediciydi.

Şimdi sıra Paul'deydi...

Paul bir meydan okuma kartı seçti ve yüzündeki ifadeden beklediğini almadığını söyleyebilirim.

"Sadece ağzını kullanarak ve gözleri bağlı olarak, üç adamın horozlarını tanımlayın."

"Bunu yapmayacağım." dedi bana dönerek.

"Dur bir dakika" biraz sinirlenerek cevap verdim "Üç kadınla nasıl bindiğimi izlerken çok eğlendin ve şimdi bunu yapmak istemiyorsun. Bence haksızlık ediyorsun."

"Ama bu ..." demeye başladı "Onlar ... sikler mi !!"

"Hadi" dedim onu zaten ikna ettiğimi görünce "Yaparsan sana bir şey olmaz, zararı olmaz. Bir de reddedersen moderatörün sana vereceği cezayı bir düşün."

Sonunda hangi argümanlarımın onu ikna edebildiğinden emin değilim, mesele şu ki, bir an daha düşündükten sonra deneyeceğini açıkladı.

Paul'ün önünde sergilenen üç horoza yakından baktım.

Gözleri bağlıydı ve tepeden tırnağa titriyordu.

Bunun beni çok tahrik ettiğini söyleyerek onu neşelendirmeye çalıştım ki bu tamamen doğruydu.

Sonunda kararını verdi ve meydan okumaya başladı.

Sonunda o kadar da kötü değildi, bir dakikadan az sürede bitti ve sadece bir tanesini vurdu.

Moderatör benden cezayı seçmesine yardım etmemi istedi.

Gözleri hala bağlıyken onu yatağın kenarına oturttular.

Odadaki kadınlar hâlâ soyunmuştu.

O andan itibaren, giysiler artık ceza olarak hizmet etmeyecekti.

Her biri tam olarak bir dakika sert aletinin üzerinde oturdu.

Ben dördüncüydüm ve Paul beni hala giydiğim çoraplardan ya da belki başka bir şeyden tanıdı.

Bana biraz daha kalmam için yalvardı, gelecek kadar uzun.

Ona boğazını açan bir öpücük verdim ve birkaç dakika daha üzerinde oturdum, bu sırada kalçaları beni tekrar tekrar iterek hızlı bir şekilde orgazma ulaşmaya çalıştı.

izin vermedim

Günün sonunda bu bir cezaydı, ben de onu yarı yolda bırakarak kalktım.

Joanna aletini sokan son kişiydi.

Onu acımasızca uyandırdı ve o gelmeden önce onu terk etti.

"Başka bir ceza seçmemi istersen, bana danışmaktan çekinme," diye öneride bulundum moderatöre, Paul ayağa kalktı ve bitkin bir halde gözlerini bağladı.

"Merak etme" bana gülümsedi "Bundan sonra ikisi arasında seçim yapacağız."

Joanna'nın bir sonraki kartı aldığını gördüm.

Kendi kendine okudu ve eğlenceli göründü.

Yüksek sesle okumasını istedik ve okudu.

"Üç adam seç ve horozlarına dokun. Sonra gözleri bağlı olarak üzerlerine otur ve sahiplerini teşhis et."

Odayı arşınladı ve garip bir şekilde iki erkeği seçti, en büyük yarrakları olanları.

Paul'ün yanına vardığında önünde durdu ve yavaşça aletini aldı.

Paul ileriye doğru bir adım attı, mutluydu çünkü şimdi ona daha önce bırakmadığımız şeyi bitirme şansına sahip olacaktı.

Ancak Joanna, acımasızca gülümseyerek onu serbest bıraktı.

"Şimdilik yeter" dedi, "Eğer iyiysen, belki seni başka bir oyun için seçerim."

Ve ondan uzaklaştı, onu sert bir horoz ve yüzünde hayal kırıklığına uğramış bir ifadeyle bıraktı.

Gülümsemeden edemedim.

Ona iyi hizmet etti.

Joanna üçüncüyü seçti ve onu diğer ikisiyle birlikte getirdi.

Her bir horoza sertleşene kadar dokundu ve işi bittiğinde gözleri bağlıydı.

Sonra üçüne de gelmesine fırsat vermeden kendini her birinin üzerine sapladı.

Üçüncü horoza sert geldi.

Anlaşılmaz bir şekilde, hiçbiri haklı değildi.

Hepimiz kasıtlı olarak başarısız olduğumu anladık, hatta beni kasıtlı olarak arayan moderatör bile.

Sonunda Joanna'nın kişiliğine uygun bir ceza bulduk, ancak derinlerde bir yerde bunun onun için bir cezadan çok bir hediye olduğunu biliyorduk.

Joanna'yı yüzü aşağı bakacak şekilde yatağa bağladık, böylece beli kenardan büküldü ve kıçını hepimize açık bir şekilde dizlerinin üzerinde bıraktık.

Ceza, her erkeğin onu arkadan tam olarak bir dakika düzmesinden oluşacaktı.

Her bir horozu onunla tanıştırmak için yanında olurdum.

Moderatör zaman alacaktır.

Bir hareketi, zamanın dolduğunun ve aletini çıkarmaları gerektiğinin işareti olabilirdi.

Reddederlerse, onu zorla çıkarmakla (gerekirse yumurtalarından alarak) sorumlu kişi ben olacaktım.

Paul'ün yanına gittim ve kulağına bir şeyler söyledim.

Sonra yerimi aldım.

Joanna'nın deliğine girecek olan altı horozdan ilkini iki elimle tuttum.

"Ucu biraz kuru" diye yalan söyledim çünkü tüm bunlar beni en çok azgın yapıyordu çünkü "Sanırım dilimle ıslatmam gerekecek."

Bunu yaptım, gereğinden fazla yeniden yarattım, bu da bana moderatörden bir kınama kazandırdı.

Sonra ustalıkla tanıttım.

Joanna partneriyle tam zamanında hareket etmeye başladığında moderatör bana durmam için işaret verdi.

Yavaşça penisini tuttum ve hızla çıkardım.

İkinciyi de dediğim gibi 'gerekli' olduğu için sıcak ağzımla ıslattım.

İçine koyduğumda, horozu şimşek hızında içeri ve dışarı hareket etmeye başladı.

Buna rağmen, herhangi bir tatmin elde edemeden onu çıkardım.

Üçüncüsü ve dördüncüsü de aynı şekilde geçti.

Moderatör beşinciydi.

Penisine baktım ve yavaşça başımı salladım.

"Sanırım bu horozu da ıslatmam gerekecek" dedim kötü niyetle.

Ağzıma koydum ve sanki odada başka kimse yokmuş gibi yalamaya ve emmeye başladım.

Ona diğerlerinden daha fazla zaman ayırdım.

Sonunda beni eliyle durdurdu.

"Bence artık yeter" dedi heyecanla nefes nefese.

"Durmamı istediğine emin misin? şehvetli bir şekilde sordum.

"Şimdilik evet" dedi bana "Daha sonra devam etmene izin verebilirim.

Moderatör tam olarak bir dakikaydı ve benim horoz yememin onda yarattığı heyecan nedeniyle boşalmaya en çok yaklaşan oydu.

Paul sonuncuydu.

Joanna kalçalarını son iki sike dayayarak orgazm olmaya çalıştı ama başaramadı.

Son saldırıdan önce ona biraz daha acı çektirmeye karar verdim.

Bu şekilde horozun daha kolay gireceği bahanesiyle amının dudaklarını yavaşça ayırdım.

Bu, Joanna'nın zevkle ürpermesine neden oldu.

Sonra parmağım klitorisinin her yerine kaydırdı ve onu daha da tahrik etti.

Yeterince düşündüm ve Paul'ün yaklaşmasına izin verdim.

Joanna'nın amcığı yağlanmış olduğundan onu içeri itti.

Diğerlerinin yaptığı gibi ona güçlü yumruklar atmaya başladı ama dördüncüsünden sonra kılıcı ondan çıkardım ve kıçına sokmasını sağladım.

Sertlik dakikasının hemen sonunda, moderatör bana onu kaldırmam için işaret verdi.

Joanna şişmiş organı yerinde tutmak için kalçasını geri itti, ancak başarısız oldu.

Moderatör bana baktı.

Tüm dünya duysun diye yüksek sesle, "Şimdi sana vereceğimiz cezayı oylamayla belirleyeceğiz" dedi.

"Ceza mı? Bana mı? Ama neden? Dedim inanamayarak.

"Önceki oyunun kurallarını değiştirdiği için" diye yanıtladı, "Horozlar onun kıçına değil, sadece amına girebilirdi. Ayrıca benim iznim olmadan tüm horozları yemene izin verilmedi".

Kimse aleyhte oy kullandı.

Bu sırada Joanna'nın sırt üstü yuvarlanmasını izledim, eli yavaşça aç klitorisine gitti.

Halk bir karara varmıştı.

"Gözlerinizi bağlayacağız ve sonra kimin ne yaptığını bilmeden hepimiz istediğimizi yapacağız" diye haykırdı moderatör gülümseyerek.

Aniden birisi gözlerimi bağladı ve birkaç el beni yatağa itti.

Bir saniye sonra ağzıma bir horoz girdi ve onu hevesle emmeye başladım.

Damlayan amıma ikinci bir horoz girdi, ancak dört vuruştan sonra dışarı çıktı.

Sonra, birinin kalçamı ayırdığını hissettim ve hemen ardından başka bir horoz (veya belki de aynısı) tek bir itişle kıçıma girdi.

Çığlık atmak istedim ama ağzıma saplanan horoz beni durdurdu.

Ne beni düzen horozlar ne de memelerimi emmeye başlayan iki ağız hedeflerinden uzaklaşmasın diye beni yavaşça yanıma aldılar.

En az birinin bir kadına ait olduğunu fark ettim çünkü yüz derisi çok yumuşaktı, sakal izi yoktu.

Birkaç kişi cinsimin etrafında toplandı ve bana nüfuz etmeye çalıştı.

Ufak bir mücadeleden sonra biri başarılı oldu.

Bacaklarımın arasında öyle bir kavga çıkmıştı ki, sanki birkaç kişi aynı anda beni beceriyormuş gibi hissettim.

Sanki bütün insanlar üstüme çullanmış gibiydi.

Ağzımdaki horoz acımasızca ona girip çıktı, amdaki horoz pompalamaya devam etti, ama biraz zorlukla.

Kıçımdaki hala içime nüfuz ediyordu, ama görünüşe göre sahibinden gelen uyarının çoğu, diğer herkesin saldırılarına karşı koyma çabalarımdan geliyordu.

Görünüşe göre göğüslerimi emen iki kişi beni tahrik etmeye ve kaldırabildiğim kadar tahrik etmeye karar vermişlerdi.

Gerçek şu ki, gözlerim bağlı olduğu için mutluydum, böylece bana yaptıklarına tamamen konsantre olabiliyordum.

Neler olduğunu görmek sadece dikkat dağıtmak için hizmet ederdi.

Kızlardan biri elimi tuttu, amına koydu ve parmaklarımla kendini ovuşturmaya, onları mastürbasyon yapmak için kullanmaya başladı.

Her şey o kadar karışıktı ki tepki veremedi.

Sanki bir nesne olmuştum, sanki irademden yoksun bırakılmıştım.

Ağzımdaki horoz zonklamaya başladı.

Saniyeler sonra, boğazımdan bir süt akışı yükseldi.

Hepsini yutmaya çalıştım ama bir kısmı yanağıma düştü.

Ben iyileşemeden yerine bir kedi koydular ve ben de onu gecikmeden yalamaya başladım.

Görünüşe göre amımı ve kıçımı siken ikisi ortak bir ritim bulmuşlardı.

İtmeleriyle gelmemi sağladılar.

İkinci orgazmımın ortasındaydım, bir çığlık duydum ve amımı süren adam geldi.

Sonra yavaşça geri çekilirken, cumunun yavaşça deliğimden dışarı akmaya başladığını hissettim.

Tamamen kıçıma kendini adamış ortağı, daha da fazla pompalamaya devam etti.

Benim kedimde bir yüz belirdi ve onu tutkuyla yalamaya başladı.

Başkası benim amımı yerken kıçımdan sikilme hissi benim için yeniydi.

Tekrar boşalmaya başladım.

Biri saçımı çekmeye başladı.

Zorluğa rağmen yüzümdeki kedinin taleplerine uymaya devam etmeye çalıştım.

Elimde yeni bir horoz belirdi ve onu aşağı yukarı sallamaya başladım.

Göğüs uçlarımdaki ağızlardan biri kayboldu, yerini bir çift güçlü el aldı ve göğüslerimi ekmek hamuru gibi yoğurmaya başladı.

"Sanırım bu kız birkaç şaplak yemek istiyor" dedi sağımdan bir ses kime ait olduğunu anlayamadım.

Emmekte olduğum kedi yüzüme daha da yaklaştırdı.

Elimden geldiğince yaladım.

Orgazma ulaştığımda kalçaları başımı ezdi.

Hızla yeni bir horoz onun yerini aldı ve ağzıma girdi.

İlgi çekici yerlerimin her birinde sıraya girerek sıralarını bekleyen bir sıra insan hayal ettim.

O cinsel organların bağlı olduğu kişilerle tüm bağlantımı kaybettiğimi fark ettim.

Göz bağı, neler olduğunu hissetme yeteneğim dışında her şeyi elimden almıştı.

O odaya girdiğim andan itibaren içten içe böyle bir şeyin olabileceğini umduğumu itiraf etmeliyim.

Gerçek şu ki, Joanna klitorisimi parmaklarıyla ilk kez uyardığından beri sürekli bir uyarılma halindeydi.

Görünüşe göre beni beceren adam sonunda geri dönüşü olmayan bir noktaya ulaşmıştı.

Kalçalarımı kavradı ve hareketlerimin kontrolünü eline aldı.

Saniyeler sonra, horozundan içime ne kadar büyük semen fışkırdığını hissettim.

Sonra yanıma uzandı ve aletinin yumuşadığını, kıçımdan yavaşça çıktığını hissettim.

Hemen ardından, arka tarafımı serbest bırakarak gitti.

Sağ mememin ağzının yerini başka bir güçlü el aldı. Artık göğüslerime takım halinde masaj yapılıyordu.

Aniden ellerden biri kayboldu.

Saniyeler sonra göğsümde, iki mememin oluşturduğu vadide bir şey fark ettim.

Bu bir eldi, bir çeşit kayganlaştırıcı bulaşmış bir el.

Göğüslerime tekrar tekrar gitti ve o sümüksü sıvıyı onlara sürdü.

Birisi karnıma bindi, vücuduma tırmandı ve yağlanmış göğüslerimin arasına sert bir horoz yerleştirdi.

Elleri göğüslerimi birleştirdi ve onları sikilmeye hazır bir kediye dönüştürdü.

Adamın kalçaları çılgın bir hızla ileri geri hareket etmeye başladı.

Ağzımdaki horoz, yükünü boğazıma indirmeden kayboldu ve elimdeki horozun yerini ateşli bir am aldı.

Biri beni dudağımdan öptü, sanırım bir kadın dilini boğazımdan aşağı kaydırıyordu.

Kıçımdan ve kedimden damlayan meni hissedebiliyordum.

Memelerimi siken horoz hızını arttırdı.

Biri bacaklarımı kaldırdı, amımı açığa çıkardı.

Kıçımdan on kez sert bir şekilde kırbaçladılar, bir yandan da amımın üzerinde bir yer aldılar, bana mastürbasyon yaptılar.

Göğsümdeki horoz meni kuvvetle tükürmeye başladı.

Yüzüme çarptı ve sonra ondan damlayarak düştü.

Beni öpen kadına da ulaşmış olmalıydı ama bu onun dilini içime sokmasına bir an bile engel olmadı.

Zaten sarkık olan üye göğüslerimden uzaklaştı.

Öpüşen ağız, klitorisimden parmak gibi uzaklaştı.

Bir an için bitkin bir halde öylece yattım.

Bir dakika kadar sonra göz bağı çıkarıldı.

Bana bir havlu verdiler ve toplanmış grubu izlerken havluyla kendimi nazikçe sildim.

Bunların arasında erkek arkadaşım Paul da katılmıştı.

Bana durmadan zevk veren onca insan arasında onu tanımadığımı fark ettim.

Moderatör bana "Şimdi size bu kadar keyifli zaman geçirdiğimiz için her birimize teşekkür edeceksiniz" dedi "Ama bunu çok özel bir şekilde yapacaksınız."

Birkaç dakika sonra kadınların amcıklarını öpüyordu.

Sonra, her birine teşekkür ederek erkeklerin siklerini ağzıma koydum.

Tam o sırada kapı açıldı.

"Herkes nerede? "Yeni gelen, "Kahretsin, sanırım yanlış odaya geldim! "

ITAATKÂR LATIN KADIN

137

Juliet bir mektupta daha fazla talimat aldı.

Kalın harflerle "Gizli" yazan beyaz bir zarftı.

Juliet'in bacakları daha zarfı açamadan sallanmaya başladı.

Dün gece Paul ile konuştuğunu hatırladı.

Bir sonraki cesur planın ne olacak?

Son birkaç aydaki ilişkilerinden kendisi ve cinselliği hakkında yeni içgörüler ediniyordu.

Paul tanıtılmadan önce seks hakkında çok şey bildiğini düşünüyordu.

Ancak Paul ile olan ilişkisinden bu yana, daha önce hiç hayal etmediği pek çok şeyi yapmaya başlamıştı.

Kendisi hakkındaki yanlış kanılarının çoğunu unutmuştu.

Paul ile tanışmadan önce seksten tamamen memnun olduğunu düşünüyordu.

Ancak çok geçmeden yaptığı işten memnun olmadığını anladı.

İkinci buluşmalarında gözlerini bağlamıştı.

Julieta, göremediğimiz zaman vücudumuzun ne kadar hassas olabileceğini asla hayal edemezdi.

Her bir uzuv dokunmaya karşı asemptomatikti ve vücudunda bir sonraki noktaya dokunulacağını bilmek merakına kapıldı.

Vücudunun her dokunuşunun sonsuza kadar sürmesi gerektiğini hissediyor ve her dokunuştan zevk almaya çalışıyordu.

Bir dahaki sefere Paul uzuvlarını yatağa bağladı.

Duygusal olarak 'çaresiz' olduğumuzu hissetmek, kendi çıplak bedenimizi, partnerimizin bundan zevk aldığını gördüğümüzde ve hiçbir şey yapamıyoruz, direnemiyoruz, kendimiz hiçbir şeyden kaçınamıyoruz, bu duygu çok farklı.

Onun güzel, genç vücudunu gözlerinizin önünde istediğiniz gibi kullanıyorsunuz ... ve sadece size ne yapacağını hissetmek istiyorsunuz.

Çaresizlik ve heyecan karışık duygular.

Bu yeni oyunları sürekli oynadılar ve Paul'ün yaratıcılığını takdir ederek tüm bu oyunlardan sonuna kadar zevk aldı.

İlginç bir şekilde, doğasının saldırgan ve otoriter olduğuna inanan Juliet, aşk oyununda Paul'den kolayca vazgeçiyordu.

Sadece bu da değil, kendini tamamen vermeyi, ona vücudunu vermeyi, onun yapacağını, ona yapmasını söylediği şeyi yapmayı seviyordu.

Birinin ona hükmetmesi, ona her şeyi yaptırması gerektiğini hissetmeye başlıyordu.

Doğasındaki bu değişiklik onu şaşırtmıştı.

Dün gece Paul, yarının cüretkarlığının şimdiye kadarki oyunun doruk noktası olacağını söylemişti.

"Söylediğim her şeyi duyuyorsun, değil mi?" diye sormuştu.

Boyun eğme ona sadece sorarak gelmişti.

"Evet, Tanrım, bana ne dersen onu yapacağım," diye yanıtladı sessizce.

Çok alçak sesle konuşabiliyordu ama bu keşif ancak Paul ile tanıştığında başladı.

"Pekala, yarın ofisine bir mektup alacaksın. O mektup senin için başka talimatlar da içerecek."

... ve şimdi gerçekten o mektup elindeydi!

Titreyen elleriyle mektubun mührünü kırdı.

Üzerine ne yazacaktı?

Paul'ün bir sonraki cesur planı ne olacak?

Bugün onun için ne yapmam gerekirdi?

Biraz korkmuş, biraz da utanmış, zarfın içindeki beyaz kağıdı çıkarmaya başlamış, bakmış ve okumuş...

"Köle

1. Bu akşam saat sekizdeki maçımıza hazırlanın, cesur olun.

2. Şu şekilde giyinmelisiniz: Yumuşacık kırmızı pantolon, uyumlu bluz, uyumlu külot-sütyen, kulaklarda altın küpeler, gümüş kemer ve yüksek topuklu ayakkabılar.

3. Saat sekizde bir Mercedes sizi alacak. Sürücü nereye gideceğini bilecek. Daha sonra size daha fazla talimat verecektir. Nasıl şimdi

benim talimatlarıma uyuyorsan, geceleri de onun talimatlarına uymalısın.

4. Ayrıca ihtiyacınız olmayacağı için yanınıza başka bir şey almayacaksınız. Çanta ya da başka bir şeye ihtiyacın yok. "

Talimatları okumayı bitirene kadar Julieta'nın göğsü heyecanla zonkladı.

Bugün olacakların heyecanıyla ıslanmaya başladı.

Paul, bir kıyafet kuralı, gece saat sekizde, Mercedes şoförü ... daha fazlası değil.

Her zaman işte onun dikkatini dağıtmayı başardı.

Biraz korku, biraz heyecan, biraz eğlence, bolca merak...

Şimdiye kadar, oyunları ne kadar cesur olursa olsun, 'özel' mekanlarda oynanmıştı.

Bazen Juliet'in evinde, bazen Paul'ün dairesinde ve bir kere de otelde.

Ama Paul'e tek başına teslim olacaktı ... ama bugün üçüncü bir kişiyle tanışacaktı, o Mercedes'in sürücüsü!

Paul sürücüye bazı cesur talimatlar verdi mi?

Paul dedi ki, sürücünün söylediği her şeye uymalısın...

Sürücü ondan arabadaki kıyafetlerini çıkarmasını isterse ne olur?

Ya da arabada otururken onu öpmesini isterse?

Veya sürüş sırasında eğerseniz ... ??? Aman Tanrım

Bütün bunları neden Paul'e itiraf etti?

Ona bu kadar güvenerek hata mı etmişti?

Bir yandan bu tür şüphelerle Paul'ün kendisini tehlikeye atacak herhangi bir durumun ortaya çıkmasına izin vermeyeceğine de inanıyordu.

Sürücünün onu soyunmaya zorlaması fikrinin heyecan verici olduğu kadar ürkütücü olduğunu fark ederek kendi kendine gülümsedi.

Juliet saat sekizde üç kez giyinip soyunmuştu.

İlk başta kırmızı pantolon giymişti ama yumuşak değildi.

Böyle iyi görünüyorum, neden ona bu kadar ilgi göstereyim...

Bunu söylerken farkında olmadan pantolonunu çıkarmış ve daha yumuşak bir kırmızı aramıştı.

Sonra altın küpeleri aramaya başladı.

Eskiden kot pantolon ve tişört giydiği için bu küpeleri hiç takma fırsatı bulamamıştı ama Paul bir iki kez onları çok beğendiğini söylemişti.

İşin garibi, Paul'e gümüş bir kemeri olduğunu ne zaman söylediğini hatırlamıyordu.

Ama mektubunda da aynı şeyi yazmıştı, yani biliyordu herhalde, orası kesin.

Zekasını zihinsel olarak takdir ederken ...

... Saat sekizi vurdu ve yolda bir araba korna çaldı.

Julieta merdivenlerden aşağı koştu ve ön kapıdaki gözetleme deliğinden baktı.

Kapının önünde uzun siyah bir Mercedes vardı.

Çantasını omzundan çıkardı ve koridordaki kanepeye fırlattı, ön kapıyı kilitledi, kapının kilidini açtı ve Mercedes'e doğru yürüdü.

Üniformalı sürücü onun için arka kapıyı açtı.

Şoför orta yaşlı ve eğitimli bir görünüşe sahipti.

İçeriye oturdu ve ona herhangi bir talimat verip vermeyeceğini merak etti.

Şoför çok kibarca kapıyı kapattı, oturdu ve motoru çalıştırdı.

Beklendiği gibi, bir Mercedes'e binmek gerçekten rahattı ama o bunu umursamıyor gibiydi.

Şimdi bu sürücü size ne yapacağınızı, nasıl yapacağınızı ve onun dediklerine gerçekten uymak isteyip istemediğinizi söyleyecektir...

Bu düşüncelerin çoğu zihninde çalkalanıyordu.

Mercedes kalabalık şehir sokaklarında hızla ilerliyordu.

Yavaş yavaş çevredeki trafik azaldı ve şehri terk edip sanayi bölgesine girdiklerini fark etti.

Dar sokağın iki yanındaki fabrikalar ve ofis binaları tanıdık gelmiyordu.

Aniden sürücü Mercedes'i yavaşlattı ve terk edilmiş gibi görünen bir park yerine girdi.

Araç ana yoldan girecek kadar yavaş olmasına rağmen parselin dışındaki tabeladaki harfleri okuyacak kadar yavaş değildi.

Juliet arsanın içinde eski, harap bir kapısı olan bir Kanunsuz kulübesi görür.

Sürücü arabayı durdurdu ve indi.

Geri döndü ve Juliet'e kapıyı açtı.

Dışarı çıkar çıkmaz kapıyı kapattı ve onu boynundan tuttu ve çökmüş olan Vigilante kabinine götürdü.

Juliet henüz sürücünün sesini duymamıştı.

O dörte dört fitlik kabinin önünde bir tezgah vardı.

Tezgâhta oturan genç şoföre şöyle dedi:

"Teşekkürler dostum, bir dahaki sefere görüşürüz."

Sürücü sadece gülümsedi ve hızla döndü ve gitti.

Julieta, o tanınmayan ama yakışıklı delikanlının karşısında şimdi yalnızdı.

Gülüşünde biraz sihir vardı.

"Juliet, senin adın değil mi? Beni takip et," diye emretti genç adam.

Juliet dikkatle onu takip etti.

İkili, yarı yıkık binanın arka tarafındaki ofis benzeri bir odaya girdi.

Odada köşedeki masa ve sandalyelerden başka bir şey yoktu.

"Bugünün eşsiz macerası Juliet için hazır mısın?" Ciddileşerek sordu.

"Uhm? Belki..." dedi Juliet biraz gerginleşerek.

"Pekala," dedi esrarengiz bir şekilde gülümseyerek, "bu gece sana talimat veren herkese dikkatle uyacaksın. Hiç şüphesiz... ve kimseye sormadan. Önerilerin bazıları tuhaf ya da tuhaf olacak, ama inan bana, sen Daha mutlu olacaksın.Talimatları takip edersen.O zaman sana söyleneni utanmadan, korkmadan ve korkmadan yap."

"Tamam. Ne yapmam gerekiyor?" Juliet sertçe sordu.

Juliet'in seksi vücuduna bakarak şunları söyledi:

"Dinle o zaman. Önce kıyafetlerini çıkar."

"Tüm?" Juliet tereddütle sordu.

"Hayır," dedi yaramaz bir gülümsemeyle, "külot, küpeler, gümüş kemer ve topuklu ayakkabılar dışında her şeyi çıkar."

Juliet talimatları doğru duyup duymadığını bilmiyordu.

Ona çok açık sözlerle ve yüksek sesle talimat vermişti.

Ancak Juliet, bunların hiçbirini söyleyemediğini hissetti.

Önerisini büyük bir çabayla sindirdikten sonra bile hala odadan çıkmasını bekliyordu...

En azından ona sırtını dönmesi gerektiğini düşündü.

Elbette Juliet çok şey beklediğini biliyordu ama yine de...

Öfkeyle pantolonunu indirdi ve kemerini çıkarmadı.

Bluzunun ilk düğmesini açtı ve senin de bu durumda olduğunu göstermek için ona baktı.

Ama başka bir düğmeyi kaldırırken bakışlarının aşağı kaydığını fark eder etmez, istemeden kendine baktı.

Üstten iki düğme çıktıktan sonra açıkça görünen çok sıkı, yumuşak pembe sutyeni görünce utandı.

Etli, yumuşak göğüsleri ondan kurtulmaya çalışıyordu.

Heyecanlandı, daha sert nefes almaya başladı ve zaten dolgun olan göğüsleri şişiyor gibiydi.

Daha fazla vakit kaybetmeden bluzunun tüm eksik düğmelerini açtı.

Pantolonunu ayağından çıkarır çıkarmaz, ona baktı ve kemerli bluzunu iki eliyle çıkardı.

Sonra onları geri iterek ve tabii ki büyük ve güzel göğsünü daha da şişirerek sutyen kancalarını da çıkardı.

Ama bir süre aynı pozisyonda kaldı ve ona baktı.

Öne çıktı ve onun şişmiş göğüslerine baktı.

Juliet kaçış olmadığını anlayınca gözlerini devirdi, derin bir nefes aldı ve iki eliyle yavaşça sutyenini çıkardı.

Şimdi gözlerine bakmaya cesareti yoktu.

Ve sonra hala onun dışarı çıkmasını ya da ona sırtını dönmesini beklediğini fark etti.

Ama bu garip gencin önünde soyunurken kendisi de sırtını dönebilirdi!

Ama küstahça onun önünde birer birer soyunmuştu...

Bu düşünceyle daha da utandı.

"Kıyafetlerini katla ve masanın üzerine koy," Julieta bir sonraki önerisiyle kendine geldi.

Gözlerini açtı ama bakışlarını ondan kaçırarak bacaklarından aşağı sarkan pantolonu, bluzu ve sutyeni aldı ve masaya doğru yürüdü.

Onları dikkatlice katlayarak masanın üzerine koydu ve onun önünde durdu ama pek de gerisinde değildi.

"Şimdi arkanı dön ve iki elini de geride bırak," diye talimat verdi yine ciddi bir sesle.

Şimdi, bunun ne için olduğunu merak ederek arkasını döndü ve sanki çok tembelleşmiş gibi iki elini de geri salladı.

Adamın kendisine doğru geldiğini hissederek başını salladı.

Bundan sonra ne olacağını düşünürken narin bileklerine soğuk metal dokundu.

Bu ne yeni şey, diye sordu, ta ki bir şey tıkırdayana ve iki eli de adamın ona söylediği pozda kalana kadar.

Aman Tanrım. Burada bilinmeyen bir yerde, bilinmeyen bir adamla, şu anda böyle bir durumdasınız ... ve şimdi çok savunmasızsınız !!

Vücutta birkaç giysi, yakınlarda telefon yok, çanta yok ...

Ne işe yarayacaklardı?

Her iki eli de arkadan prangalara hapsolmuştu.

Paul görünürde değil.

Ve bu garip ama yakışıklı genç adam sana çok yaklaşıyor ... aptal!

Sen aptalsın Juliet.

İnsanlar neden bu kadar körü körüne inanıyor?

Ve bu aynı zamanda Paul gibi bir insanda ... onu ne kadar iyi tanıyorsun?

Şimdi sana ne olacak?

Allahım ben ne yaptım...

"Hadi," dedi, onun yürümesini beklemeden, prangalarına tutunarak kapıya doğru yürüdü.

Protesto etmenin bir anlamı yoktu.

Kapıdan çıkar çıkmaz, Juliet'in üzerine soğuk bir hava esti ve gözlerinden yaşlar doldu.

Ağır adımlarla yürüyordu.

Onu neredeyse karanlık park yerine sürüklüyordu.

Böylesine yarı çıplak bir halde, o karanlığın desteğini de hissetmişti ama...

Ama bu nedir?

Kendi yarı çıplak vücudunun utancı, kendi çaresizliği, bu genç yabancıyla ister istemez arkadaş olması, korkarken onu çaresizce heyecanlandırıyordu.

Vücudunda kalan tek giysinin örttüğü tatlı hisleri hissetmekten utanıyordu.

Tam olarak ne düşündüğünü bilmiyordu.

Vücudu soğuk olmasına rağmen, yürürken vücudunun dokunuşu ve pranga çubuğunun güçlü kavrayışıyla odadan çıkıp otoparka girerken kendini sıcak hissetti.

Bitter çikolata meme uçları gerildi ve soğuk havadan ağrımaya başladı.

Barı iki eliyle çok sıkı tutuyor gibiydi... ama iki eli de arkasında sıkışmıştı.

Ve sonra iki eli de serbest olsaydı ona ne olurdu?

Sert göğüs uçlarını, halterini tuttuğu güçle sıkıştırırsa...

Juliet kendi düşüncelerine çok şaşırmıştı.

Birkaç dakika önce ne düşünüyordun?

Bu çaresizlikten, utançtan, yaşlar gözlerine yeni ulaşmıştı.

Şimdi bu bilinmeyen adamın taşlı elinin dokunuşu en mahrem yerimize, düşünceye ya da arzuya dokunmalı...

Tanrı!

Bana ne oldu

Aklına hangi düşünceler geliyor?

Paul, neredesin şeytan?

Sen... beni bu hale sen getirdin!

Yarın aynaya bakabilecek miyim, bakamayacak mıyım?

Otoparkın sonunda küçük bir kapı vardı.

Yabancı kapıyı açtı ve Juliet'i içeri itti.

Büyük, boş bir oda gibiydi.

Julieta gözlerini kıstı ve etrafına bakmaya çalıştı ama odanın ortasında asılı duran lamba dışında her yer karanlıktı.

Onu tekrar kaldırdı ve lamba ışığının altına yerleştirdi.

Uzun zamandır karanlıkta kalan güzel vücudu yeniden ortaya çıktı.

Utandı ve aniden gözlerindeki ışık, gözlerini sertçe sildi.

Birkaç dakika aşırı sessizlik içinde geçti.

Hareket yok, hareket yok.

Beni burada bırakıp bırakmadığını merak ediyorum...

Dokunuş fırçasını doğrusal beline hissetti.

Dokunma bir iki kez belinin her iki yanından koltuk altlarına doğru yavaşça hareket etti ve ardından külotunun kenarlarından aşağı kaydı.

Julieta bundan sonra ne olacağını biliyormuş gibi gözlerini sertçe sildi.

İki elinin parmakları pembe külotunun kenarlarını aşağı çekti.

Külotu uyluklarına ulaştığında yakalandı.

Elleri arkadan bağlı olduğu için hiçbir şey yapamıyordu.

Sol elinin parmakları otoriter bir şekilde arkadan öne çıktı ve külotunun önünü indirmeye, çimdiklemeye, ıslak vajinasına dokunmaya başladı.

Bir an sonra vücudundaki son giysi, ismen de olsa ayaklarının dibine düştü.

"Onları bir kenara bırak," güçlü sesi o boşlukta yankılandı.

Hiç düşünmeden bacaklarını külotundan çıkardı.

Şimdi tamamen çıplaktı, çıplaktı, çıplaktı.

Yakışıklı vücudunda kalan birkaç şey de cabası: küpeler, gümüş bir kemer ve yüksek topuklu ayakkabılar.

Elbette bunların hiçbiri utanmasını engellemedi ama içinde bulunduğu durumla yüzleşirken kendini düşünmeye başladı.

Bir sonraki emri vererek, "Orada kıpırdamadan dur," dedi.

Juliet şimdi gözlerini açmış olsa da ona karşı gelmek istemiyordu.

Ne yaptığını düşünürken bir şeyi ittiğini duydu.

Sağına baktı ve onu gördü.

Tekerlekli bir şeyi ona doğru itiyordu.

Bu bir masaydı.

Masa kabaca bel hizasındaydı.

Masanın üzerine deri kayışlar bağlanmıştı.

Masayı önüne getirdi.

Sonra tekrar etrafından dolanarak onu öne doğru itti ve masanın üzerine eğdi.

"Ayaklarını aç, Juliet," diye emretti.

İtaatkar bir şekilde her iki bacağını da hafifçe yana doğru hareket ettirdi.

"Daha da fazlası," diye bağırdı ve kadın iki bacağını da sonuna kadar açarak ayağa kalktı.

Şimdi ıslak vajinası masanın üzerindeki deriye değiyordu.

Bacakları masa ayakları ile birleşir buluşmaz, iki bacağını da deri kayışlarla sıkıca bağladı.

Artık hareket etmesi imkansızdı.

Etrafını sararak ellerini prangalardan kurtardı.

Gülümsedi ve önünde durdu.

Çıplak vücuduna baktığında, Juliet'in gözleri otomatik olarak utançla aşağı indi.

Emir vermeye devam etti.

"Eğil ve ayak parmaklarına dokun."

Eğildiğinde, öne doğru eğildi ve ellerini bacaklarına bağladı.

Juliet ne kadar cesur olursa olsun, bu çaresizlik durumundan dehşete kapılmıştı.

Bu aşamada kendi başına hareket edemiyordu.

Islak vajinası ve dolgun kalçaları 'o' yabancının önünde tamamen açığa çıktı.

Sadece bu da değil, vajinası ve hatta kıç deliği bile şimdi ona görünüyor olmalıydı.

Bundan sonra ne yapacağını merak ederek nefesini kontrol etmeye çalışıyordu.

Bir an için ondan herhangi bir hareket fark etmedi ama sonra onun çok yakınında olduğunu fark etti.

Ve aynı zamanda çok tanıdık bir dokunuş hissetti, ama beklenmedik bir yerde ...

Vazelin! Evet, vazelindi.

Kaplamalı parmağıyla arka deliğine vazelin sürdü.

Bir süre etrafına yaydı ve sonra parmağını anüsüne soktu.

Juliet bir an nefesini tuttu.

Paul ile tanışmadan önce, anal deliğinin normalden başka bir kullanımının farkında değildi.

Paul ile bir porno videoda anal seks gördüğünde üzülürdü.

Paul'e bağırır ve onu olay yerinden geçmeye zorlardı.

Ama kollarını ve bacaklarını yatağa bağladıktan ve ona baskın cinsiyet tipini öğrettikten sonra, karşı çıkmasına rağmen anüsüne lastik bir tıkaç takmıştı.

Başlangıçta çığlık atan Juliet, bu tür bir eğlenceyi kısa sürede kabul etti.

Bundan sonra, Paul vajinasını yalamak için her aşağı indiğinde, arkasına en az bir parmağını sokması için ona yalvarmaya başlardı.

Aslında Paul bunu böyle yapmaktan gerçekten hoşlanıyordu ama sırf Juliet'i kızdırmak için ona reddedildiğini ve tiksindiğini hatırlatıyordu...

Ama bugün, bu bilinmeyen adamın parmağı kasıklarında ve anüsünde serbestçe dolaşırken, aklında pek çok duygu vardı.

Kendi çaresizliğine kızmıştı.

Davetsiz misafir, bariz ilerlemesi için onu rahatsız ediyordu.

Onu böyle bir duruma soktuğu için Paul'den nefret ediyordu.

Parmağı içeri girdiğinde acıdan gözlerinde yaşlar vardı.

Ve aynı zamanda, bir yabancının parmağının anüsünde garip bir yerde hareket ettiğini fark edince tahrik oldu.

Parmağını bir süre deliğin içine ve dışına ittikten sonra, deliğine kalın bir lastik tıkacı zorla soktu.

Vazelin rahatsızlığı bir nebze azaltmış olsa da tıkacın boyutu, deliğinin boyutundan çok daha büyüktü.

Ama Juliet itiraz etmekten başka bir şey yapamadı.

Juliet, o an ağlamayı kesip derin bir nefes almaya çalışıyordu...

Fiş tamamen içeri girdiğinde, onun ağrıyan kıçına sertçe şaplak attı ve ondan uzaklaştı.

Juliet'in kelimenin tam anlamıyla boğuk çığlığı, tüm odada yankılanan "çatlama" sesini takip etti.

Bu noktada Paul'e çok kızdı.

Yabancıya ikisi arasında çok özel olan birkaç şey anlatmış olmalı.

Elbette!

Ayrıca bu adam, işte her zaman işin başında olan Juliet'in sekste hükmedilmekten hoşlandığını nereden bilebilirdi?

Parmağı anüsünde gezinirken ağlıyor olsa da, parmakla dürtülmeyi sevdiğini biliyor olmalıydı.

Ve şimdi, yaşadığı fiziksel acıyı umursamadan ve tepkisinin ne olacağını tahmin etmeden, Paul'ün ona her şeyi, Paul'ün ona uyguladığı kuvvetle anlatmış olması gerektiğine ikna olmuştu.

Paul ayrıca ona aşırı acıyı dindirme hilesini de öğretmişti.

Juliet dış dünyada karşısındaki adamın yüksek sesine dayanamadı.

Ama bu özel dünyada en büyük hayali, birinin ona işkence etmesi, onu fiziksel olarak zorlamasıydı.

Bu bilgiden yararlanarak, bu adamın vücuduyla oynadığını anlayınca hem sinirlendi hem de çok heyecanlandı.

Aklındaki tüm bu düşüncelerle birlikte, ona bir kırbaç atmaya devam etti.

Solgun kalçaları şimdi kiraz gibi kırmızımsı ve cehennem kadar sıcaktı.

On on beş vuruştan sonra kamçıyı bir kenara attı ve Juliet'in kırmızımsı kalçalarına şaplak atmaya başladı.

Juliet, onca işkenceden sonra ona sarılmak istemeye başladı.

Tam ellerini biraz daha orada hareket ettirmek istediğinde durdu ve önünde durdu.

Eğilip ellerini bırakarak onu doğrulttu.

Narin elini avucunun içine aldı ve kaldırdı.

Juliet yukarıdan sarkan güçlü bir ip gördü.

İki elini de dikkatlice bağladı ve ipe sardı.

Kayarak yan tarafa düştü.

Halat çatıdan köprüye bağlandı.

Halatı elinden kurtardı, eline aldı ve sertçe çekmeye başladı.

Juliet'in cesedi, kollarını çeken halatla yukarı çekilip kaldırılıyordu.

Juliet hiçbir direnç göstermeden onun vücudunu çekmesine izin veriyordu.

Onu iki topuğundan kaldırana kadar ipi çekmeye devam etti.

Şimdi Juliet yüksek topuklarının üzerinde durmuş, vücudunu sallıyor ama sarkmıyordu.

İpin ucunu tekrar bağladı ve onun önünde durdu.

Juliet'in tüm göğsü artık iki kolunu kaldırdığı için dikleşmişti.

Yukarıdan bakıldığında, kendi meme uçları da biraz fazla açılı görünüyordu.

Sonra, parmaklarını meme uçlarının etrafındaki koyu halkaların üzerinde gezdirerek, aniden her iki sivri meme ucunu da bir tutamla kavradı ve sertçe çekti.

Seve seve çığlık atan Juliet, durduğu yerde tökezledi.

Bacakları alttan ve elleri üstten bağlı olduğu için kalçaları da hareketlerinde kısıtlıydı.

Parmaklarının ucuyla göğüs uçlarını çekip bırakmaya devam etti.

Juliet yavaş yavaş yeniden heyecanlanmaya başladı.

Gözlerini sildi, boynunu geriye çekti ve vücudunu ona doğru hareket ettirdi.

Sanki o acı verici çimdiklemeyi tekrar tekrar istiyor gibiydi.

Oradan parmaklarına az miktarda kırmızı krema aldı.

Merhemi göğüs uçlarının çevresine nazikçe sürdü.

Parmaklarını tekrar tüpe daldırdı ve biraz daha krema çıkardı.

Şimdi eli aşağı indi ve vajinasına dokunmaya başladı.

İncecik saçlarının arasından vajinasını bulunca oraya da krem sürdü.

Sonra geri geldi ve krem renkli lastik tıpayı anüsüne sürdü.

Julieta o soğuk kremin üç "özel" organına değmesiyle çok heyecanlandı.

Ancak birkaç saniye sonra soğuk krema onu ısıtmaya başladı.

Ve kremi sürdüğü yerde yavaş yavaş kaşınmaya başladı.

Birinin göğüslerini sıkması için can atıyordu.

Kendi sert bağlarını sıkmak için kendi göğüslerine bastırmak üzere ellerini serbest bırakmaya çalıştı.

Şu anda kayalık parmaklarına, yalanmış göğüs uçlarına ve kaşıntılı vajinasına ihtiyacı vardı...

Ve aynı zamanda o titreşen nesnenin dokunuşunu hissetti.

Paul ona orta boy bir vibratör vermişti ama bugüne kadar onu hiç tek başına kullanmamıştı.

Paul vibratörü onunla tek başına çalıştırırdı.

Ama şimdi kaşınan vajinasına giren vibratör çok büyük geliyordu.

Ayrıca, titreşimleri beklediğimden çok daha güçlüydü.

Her iki bacağı da bağlı olmasına rağmen, vibratöre mümkün olduğu kadar çok yer açmak için kalçalarını esnetiyordu.

Onun narin vajinasını tahmin ederek bir santim süründü.

Ancak Juliet, kremden ve genel olarak durumdan o kadar etkilenmişti ki, tüm vücudunu öne doğru itiyor ve vibratörü içeri sokmaya çalışıyordu.

Kalın vibratörü bütünüyle aldığında, titreşiminin tadını çıkararak titreyerek durdu.

Her iki bacak da bağlı.

İki elim bağlı halde ateş ediyorum.

Böylesine bilinmeyen bir yerde Juliet, bir yabancının önünde tamamen savunmasız, çıplak, heyecanlı bir şekilde asılı duran yaşam sevincini hissetti.

Anüsüne sıkı bir tıkaç ve vajinasını dolduran bir vibratör.

Üstteki kırmızı krema meme uçlarını tahrik ediyor.

Yabancının kendisini ısırmasını, ısırmasını ve dolgun, etli kalçalarını ezmesini içtenlikle istiyordu.

Sanki her iki delikte bulunan iki nesne vücudunun derinliklerine girmiş gibi hissetti.

Vibratörü itmeyi hiç bırakmamıştı ama Juliet'in kendisi onu içeri sokmaya çalışıyordu.

Her iki deliği de kapatarak, bilek ve ayak bileklerini gerecek kadar çekerek tüm vücudunu esnetmiş ve yüksek bir çığlıkla mutluluğun doruk noktasına ulaşmıştı.

Hayatında ilk kez o an uzun sürdü.

Vajinal kasları zayıflamaya başlarken anüsündeki kaslar gerilmeye başladı.

Ve ilk uyarılma dalgası yatışmadan önce vücudu yeniden kasıldı.

Anüsüne takılan lastik tıkaç nedeniyle art arda ikinci bir orgazm yaşadı.

Aşırı acı ve zevki aynı anda yaşıyordu.

Yavaş yavaş vücudu batmaya başladı ve gözlerini kapattı.

Yüzü asılı bir pozisyonda göğsüne yaslandı.

Öne doğru eğildi ve vibratörü vajinasından çıkardı.

Vücudunun kendini toparlaması biraz zaman aldı.

Sonra biraz güç toplayarak boynunu kaldırdı, gözlerini açtı ve...

... odadaki tüm ışıklar açıktı.

Bakışlarının altında, ondan sadece üç metre ötede yaklaşık on beş sandalye gördü.

İnanamayarak sandalyelere ve tabii ki onların içinde oturan insanlara baktı.

Otuzlu ve ellili yaşlarında erkekler vardı... ve kadınlar da vardı.

Hepsi Juliet'e neşe ve hayranlıkla baktı.

Paul son koltuğa oturmuş gururla ona bakıyordu.

Paul'ü gördüğüme sevindim.

Ama sonra kendi durumunu ve son 'teşhir'i hatırladı.

Utanarak boynunu eğdi ama çıplak vücudunu örtmek için ellerini hareket ettiremedi.

Ve şimdi neyi saklayacaktı?

Tüm 'şovu' izledikten sonra, onlar ...

Aklından geçen tüm bu düşüncelerle, arkasında soğuk bir su dalgası hissetti.

Uzun süredir vücuduyla oynayan yabancı, elindeki nargileyle onu 'ürpertiyordu'.

Kolları ve bacakları bağlı halde kendisini yıkamasına izin vermekten başka çaresi yoktu.

Çıplak vücudunu çevirerek onu baştan ayağa tamamen yıkadı.

Önce kalçasındaki kirpik kalıntıları, sonra kollarının ve bacaklarının bandajdan sürtünmesi, kremden ve tutuşundan şişen göğüsleri ve meme uçları, her ikisinden de beklenmedik bir saldırıya uğradığı hassas gözeneklerinin her ikisinde de. yönler ve genç ve hassas vücudunun her yerinde.

O soğuk suya gerçekten ihtiyacım vardı!

Tamamen ıslandığında musluğu kapattı ve bacaklarındaki tutuşunu gevşetmek için öne çıktı.

Julieta uzun bacaklarını açtı ve dik durmaya çalıştı.

Sonra yukarıda asılı olan ipi çözdü ve ellerini serbest bıraktı.

Onu bir süre yalnız bırakarak tekrar yanına geldi.

Arka masayı çekti ve Juliet'i üzerine oturttu.

Vücudunda hiçbir güç yoktu, zihninde hiçbir eylemine karşı çıkma arzusu yoktu!

Onu masaya yatırdı ve ellerini bağladı.

Bu sefer bacaklarını bileklerinden bağlamadan kayışları kalçalarının etrafına doladı.

Julieta'nın vajinası artık eskisinden daha açıktı, kayışlar masanın iki yanındaki kancalara takılmıştı.

Şimdi pembe vajinası önünde görünüyordu ve arka deliğindeki lastik tıkaç da görünüyordu.

Onu bir süre bu halde bıraktı.

Şimdi odada oturan ve ona bakan insanların düşüncesi onu utandırdı ve aynı zamanda heyecanlandırdı.

Paul'ün de yanında olduğunu hatırlayarak masaya yaslandı ve bir sonraki saldırıyı bekledi...

Ve sonra vibratörün tanıdık dokunuşunu hissetti... önce bacaklarında, sonra dolgun kalçalarında, sonra düz karnında, içi boş meme uçlarının çevresinde ve sonra her iki göğsünde, gergin göğüs uçlarında yavaşça yukarı doğru hareket ettiğini.

Bu kadar kısa sürede tekrar heyecanlanabileceğine inanamıyordu.

Vajinasından gelen akıntının yorgun kalçalarından kendi anüsüne damladığını hissetti.

Ve ona bakan on beş ya da yirmi yabancı kadın ve erkek görünce şaşkına döndü.

Endişeli bir şekilde konuşmaya başladı:

'Ah ah!'

Aniden vibratör patladı.

Juliet'in heyecanı artık vücudunda değildi.

Yüksek sesle bağırmaya, bağırmaya ve yabancıyı gelip vibratörle onu okşamaya devam etmesi için çağırmaya başladı.

Birkaç saniye geçmiş olmalı ve sonra iki baldırı arasında çok alışılmadık ve beklenmedik bir dokunuş hissetti...

Şaşırarak oraya baktı ve genç yabancının uzun dilini vajinasının üzerinde gezdirdiğini gördü.

Sırıttı ve ona baktı, sonra masaya geri yaslandı ve vücudunu gevşetti.

Artık onun için bir yabancı değildi.

Odadaki diğer erkekler ve kadınlar onun için yoktu.

Kafasında Paul için düşünceler bile yoktu.

Genç adamın uzun, güçlü dilinin dokunuşunu hissederek gözlerini devirdi ve yere uzandı.

Bir sonraki orgazm sırasında yüzünde kocaman bir gülümseme tuttu.

Ne kadar süre vajinasını yalıyordu, ne kadar süre masanın üzerinde yatıyordu, uyanık mı yoksa uykuda mı... Bilmemin hiçbir yolu yoktu.

Tek bildiği, ikisinin odada yine yalnız oldukları, uzuvlarının serbest kaldığı, anüsündeki lastik tıkacın çıkarılıp masanın yanına yerleştirildiği ve ona hayatının en büyük orgazmını yaşatan yabancının olduğuydu. , ilişki olmadan, kibarca onun önünde durdu.

Yavaşça kalktı ve masadan kalktı.

Kıyafetleri elindeydi.

Şimdi, o giyinirken, ona doğru eğildi... onu utandırmak için değil, dar sutyenini iliklemek için.

Ayrıca nazikçe giyinmesini bitirmesine yardım etti.

Giyindikten sonra Juliet'i Gözcü'nün kulübesine götürdü.

Aynı siyah Mercedes önde duruyordu.

Mercedes şoförü onun için kapıyı açtı ve beklentiyle durdu.

Julieta, şoförün samimiyetini hatırladığında gülümsedi.

Dönüp, 'yabancı' ile tanıştığından beri ilk kez sordu,

"Adınız ne?"

O gülümsedi.

Elini tuttu ve daha da sıktı ve şöyle dedi:

"Benim adım önemli değil."

Sonra sadece gülümsedi ve "Teşekkürler" dedi ve arabaya doğru yürümeye başladı.

Paul onu arabanın arka koltuğunda bekliyordu.

Juliet içeri girer girmez Paul'ü kollarına aldı.

Paul, onun kafasına sevgiyle hafifçe vurdu ve sürücüye arabayı çalıştırmasını işaret etti.

Siyah Mercedes, sanayi bölgesinin dar sokaklarında yeniden kalabalık şehre doğru koşmaya başladı.

Paul kenara koyduğu bir video kamerayı aldı ve ekranını Juliet'e yaklaştırdı ve şöyle dedi:

"Arabadan indiğinden beri yaptığın her şey... veya sana yapılan her şey bu videoda. Ne kadar cesursun."

Juliet onun kollarında rahatlıyordu.

Yüzündeki gülümseme ve memnuniyet, daha fazla bir şey söylemeye gerek kalmadan onun adına konuştu.

Arabada rahatlamasına izin veren Paul, onu tekrar okşadı ve cesaretinin kasetine baktı.

Bugünün planı başarılıydı.

Yakında harika bir sonraki maceraya hazır olacağım için mutlu ve heyecanlıydım ...

SON

157

www.ingramcontent.com/pod-product-compliance
Lightning Source LLC
Chambersburg PA
CBHW051831130726
47987CB00002B/504